Gimpel the Fool and Other Stories

ISAAC BASHEVIS SINGER

楚尘
文化
Chu Chen

北京楚尘文化传媒有限公司 出品

傻瓜吉姆佩尔

[美] 艾萨克·巴什维斯·辛格 著

郭国良 译

中信出版集团 | 北京

图书在版编目（CIP）数据

傻瓜吉姆佩尔 /（美）艾萨克 · 巴什维斯 · 辛格著；郭国良译 . -- 北京：中信出版社，2022.6（2024.11 重印）
书名原文：Gimpel the Fool and Other Stories
ISBN 978-7-5217-4069-1

Ⅰ . ①傻… Ⅱ . ①艾… ②郭… Ⅲ . ①短篇小说－小说集－美国－现代 Ⅳ . ① I712.45

中国版本图书馆 CIP 数据核字 (2022) 第 044072 号

傻瓜吉姆佩尔
著　　者：[美] 艾萨克 · 巴什维斯 · 辛格
译　　者：郭国良
出版发行：中信出版集团股份有限公司
（北京市朝阳区东三环北路 27 号嘉铭中心　邮编　100020）
承 印 者：河北鹏润印刷有限公司

开　　本：880mm×1230mm　1/32　　印　　张：7.625　　字　　数：141 千字
版　　次：2022 年 6 月第 1 版　　印　　次：2024 年 11 月第 3 次印刷
京权图字：01-2022-0177　　书　　号：ISBN 978-7-5217-4069-1
定价：59.00 元

服务热线：400–600–8099
投稿邮箱：author@citicpub.com

目录

序 言

阿莱格拉·古德曼

“人们经常问我，‘你为什么要用一种行将消失的语言写作？’”艾萨克·巴什维斯·辛格在1978年诺贝尔文学奖颁奖宴会致辞时说道。“首先，”他解释，“我喜欢写鬼故事，没有什么能比一种正在消亡的语言更能与鬼魂相配了。语言愈‘濒死’，鬼怪则愈发栩栩如生，鬼怪可喜欢意第绪语[1]了，而且据我所知，它们都讲意第绪语。”

《傻瓜吉姆佩尔》是一部鬼怪故事集，都是有关魔鬼及其同伙、未出生者、疯子和行尸走肉的故事。在《来自克拉科夫的绅士》中，恶魔之王降临在一个穷困的村镇；《未出生者日记》详细记录了一个小恶

1 意第绪语：阿什肯纳兹（德系）犹太人使用的一种语言，来源于中古德语，用希伯来语字母拼写。——译者注（以下如无特殊标注，均为译者注）

魔的训练养成；《隐身人》描述了一个徘徊于现世与来世之间的迷失魂魄的恍惚与幻觉。翻开此书，处处是鬼怪出没，同样地，书中历史频现，在名为弗兰波尔的波兰小村镇里，辛格记住了那个失落的世界。

弗兰波尔小镇有什么惊奇之处呢？辛格那令人既熟悉又陌生的虚构情景中的究竟是什么呢？答案是，完完全全的犹太人生活。在此，我们发现了一个贯穿犹太传统的主题——面对村人的嘲笑，吉姆佩尔反问："所谓'弥赛亚的降临'是怎么回事？我可没听见谁在吹羊角！"——即使是吉姆佩尔这样的愚人，都明白救世主现世时的信号。辛格笔下的人物也以"安息日"来记录每周，以各种各样的犹太教节日来记录每个季节——"逾越节后，雷布[1]·墨舍·贝尔就出了院。"（出自《老人》）书中亦有各种各样、在不同场合吃的传统食物：安息日吃的烤布丁和白面包，新年时的"葡萄酒、蘸了蜂蜜的苹果、烧鲤鱼头、两块白面包、一小份鸡肉煨萝卜，以及一小块用来祈祷来年第一次丰收的菠萝派"（出自《欢乐》）。辛格笔下的虚构世界井井有条，人们严格遵守拉比教义律法："你可以回家了。你可得谢谢扬诺夫拉比。"吉姆佩尔向拉比乞求回到他那不忠的妻子身边时，弗兰波尔的拉比告诉单纯的他，"他（扬诺夫拉比）在迈蒙尼德[2]教义中为你找到了一条鲜为人知的依据"。

辛格所唤醒的世界包罗万象，从未出生者到阴间魂灵，从在弗

1　雷布：犹太人的一个头衔，通常指有地位有财富、又信仰犹太教正统派的男子。

2　迈蒙尼德是犹太经学史上的律法大家和集大成者。

兰波尔研习室内火炉旁取暖的乞丐们到戴着羽毛帽子的贵妇人，从一丝不苟的宗教仪式到同等程度的亵渎神灵。所有恶魔本身也是恪守传统者，它们肆无忌惮地破坏原本井然有序的犹太世界——“我朝着烟囱吹口哨，在公共浴室里跳舞”，《未出生者日记》中那位正在受训的叙述者说道。“我打翻安息日为穷人准备的食物罐头，把丈夫即将归来时在家等待的女人玷污……有一次，在逾越节前的大安息日，一位年轻拉比在会堂做他的初次布道，我变成一只苍蝇，咬了这位富有学识的拉比的鼻尖。”这些故事里充满了邪恶、受难、痛苦、罪孽——甚至，在《来自克拉科夫的绅士》中，出现了启示录中的末日景象。

然而，邪恶也是条理分明、一以贯之的——根据正常的仪式和经文，不断衍生出与其颠倒的东西。在《来自克拉科夫的绅士》的高潮之处，恶魔之首与荡妇的婚礼，便是盛大的亵渎之宴，完全与犹太婚礼反道而行：“撒旦开始了它的婚礼仪式，由四个小鬼持着的婚篷杆子……”也不像传统婚礼那样由新郎掀起新娘的头纱，“赫黛的衣衫滑落下来，她一丝不挂地站着，乳房垂到了肚脐，脚上也生出了蹼，头发里是各种恶心的虫子。”亦不是献上圆形的婚戒，“新郎拿出一枚三角形戒指，他不说‘按照摩西和以色列人律法，此戒指将你献给我’，相反地，则是说：‘按照可拉和以实玛利的亵渎，此戒指使你堕落为我妻子。’”众小鬼们也不祝新婚夫妻平安喜乐，而是尖叫着“祝你倒霉”。如今读来，辛格笔下的恶魔们宛如行为反常的人类学家，邪恶的局内观察者，他们一面呈示信仰，一面又亵渎信仰。

这些故事浸润在犹太传统之中，恪守基本文学形式。辛格采用寓言和民间故事的风格，有时娓娓道来——“我想给你讲个故事，这可不是书上看来的，而是我的亲身经历”；有时会用他擅长的孩童故事中的那种轻盈的开场布局：“在茂密的森林深处和几潭深不可测的沼泽之间，有一座山坡，该斜坡坡顶的水平地带，坐落着小村镇弗兰波尔；没有人知道是谁创建了这座小村镇，或这座村镇为何恰恰出现在那里。”辛格善于以开门见山、直截了当的风格展开叙事，饶有兴致地强调这些故事背后的道德寓意，艺术效果震撼人心又极其巧妙。而重视细节的写法、简略留白的语言和华丽精巧的文字又不是辛格的风格——当一把锤子便能画出画上的阴影时，又为什么要用刷子呢？人物及其行为一以贯之，简直像钙化了一样：虔诚的人依旧虔诚，年迈的人也如此长寿，好像会一直活下去，蠢行变本加厉，懦弱导致罪孽，色欲、贪婪和吝啬导向万劫不复。

然而，尽管这些故事有浓烈的道德说教意味，它们并非简单的寓言，尽管故事中有超自然之力，它们也不是童话故事。辛格这些故事的真正魅力在于人物，他笔下的人物皆有发自内心的向善之心。尽管被恶魔玩弄，受激情蛊惑，或被故事叙述者戏耍于股掌——皆为面对无常命运的一叶扁舟，但这些人物都有灵魂。当辛格投射出他们内心的一隅时，这效果是令人吃惊的。他展示了人们的内心世界——处于塑造出来的平白情节之中，各种各样的人物或饱受折磨、或困惑不堪，情感击穿寓言家率真的表象。在这几个封闭平淡的波兰小镇里，他揭露了人们心中的想法、苦恼、满腹牢骚。因此，《傻瓜吉姆佩尔》中的主角吉姆佩尔，既是村里的白痴，又在困惑、挫折后发出了企图超越的天真呼声。辛格把他塑造得简简单单，像孩子手中的玩具，又让他发出了人的声音。娶了村里的荡妇艾尔卡后，他碰到应该对妻子发怒的时候，却试着宽恕她、为她的行为寻找理由；当他在面包房过夜，在那儿为命运自艾自怜时，自欺和悲伤交织在一起："我想发怒，而我的不幸就在于此——我不会为了这件事真正地发怒。首先——我就是这样想的——谁在生活中不会犯点小错误呢？谁能保证一辈子不犯一次错误呢？……当我想到此处，我竟然抹起泪来。我暗自哭泣，眼泪把我枕着的面粉都濡湿了。"

精灵受困于环境，灵魂被罪恶诱惑，幽灵在阴阳两个世界挣扎，这一切为故事提供了怪异的戏剧张力。辛格的一个个故事与受挫的生命搏动，跟痛苦的声音共振，这些声音从他所构建的寓言中呼之欲出，被束缚的精灵徒劳地挣扎，这成了一再重现的母题，也完美反映了艺术家奋力在业已消失的旧世界重燃生命之火。

比这些故事中所有魔法和邪恶更为奇特而有力的是，在这舞台以外，历史背负沉沉重荷：在即将到来的大屠杀中，书中的一切，不论男女老幼，无论房屋、书本、坟墓还是迷信，都将消灭殆尽。弗兰波尔的善恶美丑都将化为泡影，人物的语言本身亦将不复存在。当然，这其中会有幸存者，会有废墟、回忆和知识学问。关于那个时代和地点会有很多文献记载——但是，日常的东欧犹太人生活已湮没，而在读这些故事的时候，我们了然于胸。它们都是灭世洪水之前的故事。

那么，辛格是驾着文学方舟、挽救原型的诺亚吗？这本故事集也是一座小小方舟吗？它囊括无辜与堕落，天真与狡黠，博学与无知，娇惯与受难，美丽与丑陋，被拯救之人和永受诅咒者。其中的两个故事描写逃离毁灭的已知世界的人们。在这两个故事中，辛格展现了复原世界的种种图景。阿巴，《小鞋匠》中的父亲，在希特勒——愿他的名字消失！——崛起后，他迎着风浪，漂洋过海，来到美国与家人团聚。在暴风骤雨的大海上，他躺在床铺上，望着起伏连绵的海洋。“这会儿，锯齿状的海浪泛着硫黄般的黄和黑，它们涌出海面，往地平线绵延而去，就像一座山峦，这令阿巴想到了赞美诗的歌词：‘大山踊跃，如公羊；小山跳舞，如羊羔。’接着，宛如海浪便会波动着向后隐陷下去，就如分水岭的奇观。”在这段风雨交加的旅程后，他终于安全抵达孩子们的臂弯，孩子们让他变回了自己，亦让他回归一家之主的地位。还有《老人》中的那位流离失所的雷布·墨舍·贝尔，他试图从“一战”后卷入战争的华沙逃脱。他的家人全部死了，他徒步从华沙一路走到乔泽弗村，“一个位于加利西亚边境的小村庄”，在那儿，哈西德派教徒敬重他，因为“他与那儿的老拉比私交甚密”，最后，雷布·墨舍·贝尔拉比也迎来了奥德赛式的结局——他到达目的地，那儿的人为他接风洗尘、庆祝开宴。人们亦给了他新衣裳和新房子，邀请他去读法律书，接着，在辛格式童话故事的奇特结尾中，他“娶了个老姑娘——村里一个四十岁上下的聋哑妇女”，她还为他生了个儿子。在经历过约伯[1]式的苦难后，这位老人也拥有了新家庭、开始了新生活。

这些是美妙的梦幻，然而，它们生动地诠释了熟悉无比的旧世界在非常陌生、奇怪的新环境中的重建。鞋匠阿巴在美国重拾旧业。他没改变自己的言行，而在子女的荫蔽之下，重新开始了被战争中断的生活，因此他也根本无须去改变。雷布·墨舍·贝尔也找回了自己，回归了他原来的生活方式，回到那些因他是拉比旧识而敬重他的淳朴村民之中。惹人注目的是，即使在这些关于移民和逃离的故事里，辛格的兴趣点也并不在于改头换面，而在于保持原貌。他喜欢描绘那些想象力受限、经历匮乏之人的形状样貌。即使身在新大陆，辛格的主人公们依旧选择旧世界。

那些被遗留在弗兰波尔的男男女女又怎样了呢？直面这失落的世界，辛格采取了什么策略？他从不哀怨，从不迂腐，从不喋喋解释。对书中的景象，他从不为学究提供研究棱镜。对故事是否真实，他也从不负责。他辛辣刻薄，对诲淫情有独钟，却又耽于幻想。他不仅牢记自己所认识的人，又与记忆大玩恶作剧。他宣称自

---

1 约伯：《圣经》中的人物，尤以为人正直、虔敬、慈善而著称，对上帝忠信不渝却吃尽苦头。

己效忠文学，将写小说视为他的生计、他的事业、他的信仰，就如坐在工作台前的鞋匠一样，他依赖自己的手艺获取意义，孜孜不倦地敲着键盘；鞋匠阿巴在美国继续他的活计，辛格也笔耕不辍；他不会沉湎于圣徒的传记，反而执着于创作揭露脆弱人性的故事；因为笔下这些怪异变形的人物，辛格将饱享盛誉，恰如鞋匠阿巴手艺高超，因做出容纳顾客脚上鸡眼和囊肿的鞋子而名闻社区。

这部集子中没有一篇伤感的故事，因为辛格觉得为死者洒泪实无必要。我们所有的悲伤都不能让死者复生，因此辛格转而寻衅挑拨——玩弄人生，扭曲时间，模糊神圣与世俗的界限，将精神与性爱冲动相连，使古老传统与现实关怀联姻。他的艺术中蕴含暴力。他创作的故事辛辣尖锐，有时毫不留情，甚至略显残酷，但辛格依旧以这别具一格的方式陶冶性情、修炼灵魂。他的作品的标准还是那样高。他并不纪念已逝的过去，恰恰相反，他惊醒记忆，撼动往昔，让过去重生。“我不仅相信鬼神，”他说，“而且相信复活。”

阿莱格拉·古德曼（Allegra Goodman），美国小说家，1967年出生于纽约布鲁克林，现居坎布里奇。著有长篇小说《瀑布边上的绝恋》（1998年入围美国国家图书奖决选名单）、《天堂公园》、《直觉》，以及短篇小说集《浸没》等。1991年获怀丁作家奖，1999年被《纽约客》提名为美国四十岁以下最杰出的作家之一。

鸣 谢*

除了1933年刊行于华沙的《老人》，这些故事均写于过去十年间，其中大部分以意第绪语发表在《犹太前进日报》，其中有一些还以英文刊登于下列杂志：《党派评论》（《傻瓜吉姆佩尔》《未出生者日记》）；《中流》（《杀妻者》）；《评论》（《来自克拉科夫的绅士》《火》）；《新世界写作》（《镜子》）；《意第绪语故事集萃》（《小鞋匠》《傻瓜吉姆佩尔》）。本人十分感谢这些故事能被准许在此重印面世，也感谢编辑与译者忠实地诠释了原作。我尤其感谢伊莱恩·戈特利布，她为筹划这部故事集助益良多。最后，我要感谢正午出版社的两位编辑——塞西尔·赫姆利和德怀特·W. 韦伯，是他们起意辑成本书。

艾萨克·巴什维斯·辛格

* 本书据美国法勒、斯特劳斯和吉鲁出版社（Farrar, Straus and Giroux）2006 年版英译本译成。

傻瓜吉姆佩尔*

1

我是傻瓜吉姆佩尔，但我觉得自己不傻，可人们都这样叫我。我还在上学的时候，他们就给我起了这个绰号。我总共有七个“名字”：弱智、蠢驴、木头、呆子、闷葫芦、笨蛋和傻瓜。最后一个名字至今都甩不掉。我傻在哪儿？我容易上当。他们说：“吉姆佩尔，你知不知道拉比[1]的老婆生孩子了？”于是我翘了课。唉，原来是个谎言。可我怎么知道是谎言呢？她当然没有大肚子，

---

* 本篇英语由索尔·贝娄（Saul Bellow）翻译。

1 拉比：担任犹太人社团或犹太教教会精神领袖或在犹太经学院中传授犹太教教义者，主要为有学问的学者。犹太教负责执行教规、律法并主持宗教仪式的人。

不过我也未曾瞧过她的肚子。可那真有那么傻吗？这帮人嬉皮笑脸，又跺脚又跳舞，还唱起晚安的祈祷文。当一个女人分娩，他们没给我葡萄干，而在我手里塞满了羊粪。我并不是个瘦弱的人，如果我给人一巴掌，就能把他扇到克拉科夫[1]去，但我本性不好斗。我心想：算了。于是他们便继续捉弄我。

我从学校回家时听见一条狗在叫唤。我不怕狗，但我从来不想去招惹它们。它们中万一有条疯狗把你咬伤，那么世界上无论哪个鞑靼人都救不了你。于是，我就抄小路走。接着我环顾四周，看见整个集市的人都在狂笑。原来根本没有狗，而是小偷沃尔夫-莱布。我怎么会知道是他呢？他叫起来像只嚎叫的母狗。

当那些爱搞恶作剧、捉弄人的人发觉我容易上当之后，他们个个都想在我身上碰碰运气。“吉姆佩尔，沙皇快到弗兰波尔[2]了；吉姆佩尔，月亮掉到托尔平[3]了；吉姆佩尔，小霍德尔·弗比斯在浴室的后面发现了宝藏。”而我像个泥人似的相信了所有人。第一，世上一切皆有可能，就如《先人的智慧》中说的那样，但我这会儿想不起原话了；第二，我不得不去相信，当全镇的人都和我这么说的时候！如果我有胆说：“哼，你们在骗我！”那就麻烦了，人们会生气地说：“你什么意思？你是想说

1 克拉科夫：波兰南部城市。

2 弗兰波尔：波兰东南部村镇。

3 托尔平：波兰东南部村镇。

我们都是骗子吗？”我能怎么办呢？我相信他们，并希望这样至少能给他们一些好处。

我是个孤儿。抚养我长大的祖父眼看着快要入土了。所以他们就将我交给一个面包师傅，我在那里过的是什么日子啊！每个来烤一炉烙饼的女人或姑娘至少会戏弄我一次。“吉姆佩尔，天上有个集市；吉姆佩尔，拉比在第七个月就生下一头小牛；吉姆佩尔，一头牛从屋顶飞过还下了些铜蛋。”一个犹太学校的学生来买面包卷，他说：“你，吉姆佩尔，你在这儿用面包师的铲子刮锅炉时，救世主降临了。死人都复生了。”“你什么意思？”我问，“我可没听见谁在吹羊角！”他说：“你聋了？”这时人们都叫起来：“我们都听到啦，我们都听到啦！”然后来了蜡烛工里兹，她用嘶哑的喉咙喊道：“吉姆佩尔，你的父亲和母亲从坟里站起来了，他们正在找你。”

说真的，我心里很清楚这些事从没发生过，可人们照样谈论着，我穿上羊毛背心走了出去。也许真有什么事发生了。去看看又有什么损失？行吧，大家又哈哈大笑！于是我心里发誓再也不去相信什么了。可这样也行不通。他们这样捉弄我，我连大小粗细都搞不清楚了。

我去找拉比给我出主意。他说：“圣书上写，‘一世愚者好过片刻恶人’。你不是傻瓜。他们才是傻瓜。因为一个让邻居蒙羞的人将失去他的天堂。”然而拉比的女儿又让我上了当。就在我离开拉比的圣坛时，她说："你吻过这儿的墙吗？"我说："没有，怎么了？"她回答说："这可是个规矩。你每次走的时候都得这样做。"行吧，这看上去好像也没什么害处。接着她突然大笑。这是个高明的把戏，她完完全全骗倒了我，好吧。

我想搬到另一个镇去，可是人们又忙着帮我张罗对象，他们寸步不离地跟着我，几乎要把我上衣的下摆撕下来了。他们对我说呀说的，直到我耳朵上都沾了口水。她不是个贞洁的姑娘，可他们告诉我她是个纯洁的处女。她有点跛脚，他们说是故意装的，因为害羞。她有个私生子，可他们告诉我这孩子是她的小弟弟。我嚷道："你们在浪费时间。我不会娶那婊子！"但他们愤懑地说："你怎么这样说话？难道你不害臊？你这样败坏她的名声，我们可以把你带到拉比那去评理，处罚。"我才看出来我不可能很容易地摆脱他们，我心想：他们是存心想让我变成他们的笑柄。不过结婚后丈夫就是一家之主，如果她也认同，对我也就还好。再说，你不可能安然无恙地度过一生，别期望太高。

我去了她的泥房子，盖在一个沙丘上，那帮人又是叫、又是唱的，跟在我身后。他们的举止活像一群耍熊的。我们来到井边时，他们一起都停下了。他们都怕和艾尔卡打交道。她的嘴巴一张开就像装上了铰链似的，而且言辞锋利、语言泼辣。我走进屋子。一条条绳子从这面墙拉到那面墙，衣服挂在上面沥干。艾尔卡赤着脚站在水桶边，正洗着衣服。她穿着一条破破烂烂的旧毛绒长袍。她把她的头发编成辫子横别在头上。我几乎喘不过气来，头发的臭味太熏人了。

显然她知道我是谁。她朝我看了一眼，说："瞧是谁来了！他来了，这无趣又愚蠢的个性软弱的人。自己找个地方坐。"

我告诉了她一切，我没否认任何事。"跟我说实话，"我说，"你真的是个处女吗？那个顽皮鬼耶契尔真的是你弟弟吗？别骗我，看在我是个孤儿的分上。"

"我也是个孤儿。"她回答，"谁要是想捉弄你，就让他的鼻子长歪。可谁都甭想占我便宜。我要一份五十盾的嫁妆，让他们另外再为我凑一笔钱。否则，让他们来亲我的那个玩意儿。"她倒是直来直去。我说："出嫁妆的应该是新娘，而不是新郎。"然后她说："别和我讨价还价，要么成，要么不成——你哪来的回哪去。"

我想：这个生面团烤不出任何面包来。不过我们镇也并不是块穷地方。他们答应了所有条件，接着举行了婚礼。那时恰逢痢疾流行。婚礼在公墓的大门口举行，边上就是小小的洗尸房。人们都喝得酩酊大醉。当起草婚书时，我听见那位最虔诚、最高尚的拉比问："新娘是个寡妇还是个离了婚的女人？"会堂执事的老婆替她回答："既是寡妇，又离过婚。"真是个尴尬扫兴的时刻。但我又能做什么呢，从婚篷下逃走吗？

人们又唱又跳。一个老太太在我对面跳舞，抱着一个奶油白面包。婚礼主持人唱了一首《仁慈的上帝》纪念新娘的双亲。男学生们扔着刺果，像在过阿布月初九斋戒日。人们在致贺词后送来了很多礼物：一块擀面板、一个揉面槽、一只水桶、几把扫帚、几个勺子，还有些家用小东西。接着我瞄了一眼，看见两个高大健壮的小伙子抬着一个婴儿床。“我们要这个干什么？”我问。他们这样说：“你别多想了。这玩意好用极了，有你用的。”我意识到我又一次被耍了。换个角度想，我又损失了什么呢？我思忖：且看结果如何吧。全镇的人不可能都一起疯了。

2

晚上，我来到妻子睡觉的地方，可是她不让我进去。“嘿，瞧瞧，要是这样，他们要我们结婚干吗呢？”我说。她则回答道：“我来月事了。”“但昨天他们带你去沐浴了，应该是月事之后吧，难道不是这样吗？”“今天可不是昨天，”她说，“昨天又不是今天。如果你不喜欢，你可以滚蛋。”简而言之，我得乖乖等着。

不到四个月她便临盆了。镇上的人都捂嘴窃笑。但我能做什么？她在产床上遭受难以忍受的疼痛，直用手指去抠墙皮。“吉姆佩尔！”她叫，“我要死了。原谅我！”屋子里挤满了女人。她们在烧开水。尖叫声直窜天空。

我能做的就是去会堂背诵赞美诗，我也这么做了。

镇上的人喜欢我这样做。我站在一个角落里背赞美诗和祷告词，而他们对我摇脑袋。“祈祷，祈祷！”他们告诉我，“祈祷可不会让女人怀孕。”其中一个教徒还把一根稻草放进我的嘴里，说：“母牛才吃稻草。”确实有点道理，上帝作证！

她生了个男孩。礼拜五，在会堂，执事站在经书柜前，敲打着读经台宣布，“富有的雷布·吉姆佩尔邀请大家赴宴，庆祝他喜得贵子。”整个屋子的教徒们响起一阵哄笑。我的脸颊烫如火烧。但我无能为力。无论如何，我还是得为这孩子负责割礼仪式。

半个镇的居民都赶过来了。你别想再插进一个人。女人们带来了胡椒鹰嘴豆，还有一桶啤酒是从饭馆里买来的。我吃着，喝着，和在场的所有人一样，他们全都祝贺我。接着便是割礼仪式，我用我父亲的名字为这孩子取名，祈愿他的灵魂安息。人们离开以后，只剩下我和妻子。她从床帐中探出脑袋，叫我的名字让我过去。

“吉姆佩尔，”她说，“你为什么不说话？碰上什么倒霉事了吗？”

“我还能说什么？”我答道，“你真给我干了一件好事！如果我老妈知道了，她得再死一次。”

她说：“你疯了还是怎么了？”

“你怎能这样愚弄，”我说，“一个身为一家之主的人？”

“你怎么了？”她说，“你那脑袋瓜里在胡思乱想些什么？”

看来我必须毫不客气地跟她摊牌了。“难道你觉得你就该这样利用一个孤儿？”我说，“你生了个杂种。”

她回答："把那种愚蠢的想法从你脑袋里轰出去，那孩子是你的。"

"他怎么会是我的孩子？"我争辩道，"他可是我们结婚后第十七周就生下来了。"

她告诉我他是早产儿。我说："他难道不有点儿太早了？"她说，她祖母，也是妊娠这么短的时间就生了孩子，她和她的祖母很像，就像一枚水滴和另一枚水滴也很像。她为此赌咒发誓，如果你在集市碰见一个农民这样做，你也会相信他的。说句大实话吧，我不相信她，我和校长在第二天谈起此事时，校长告诉我同样的事也发生在亚当和夏娃身上。他们两人上床睡觉，下床时就是四个人了。

"世界上没有一个女人不是夏娃的后代。"他说。

这事就这么过去了。他们把我搞得哑口无言。可事后，谁知道究竟发生了什么？

我开始忘记自己的伤心事。我疯狂地爱这个孩子，他也爱我。他一看到我，就会挥动他的那双小手，想要我去抱起他，他肚子痛时，我是唯一一个能安抚他的人。我为他买了一个磨牙的骨环和一顶镶金边的小帽子。他总是吸引某些人恶意的目光，于是我不得不去为他求一张驱邪的护身符。我像头牛一样劳作。你知道家里有一个婴儿会增添多少开支。我不想为了那档子事说谎。我也没有怨恨艾尔卡。她咒我诅我，我也没有对她感到厌烦。她有何等力量！她只要看你一眼就能让你哑口无言。还有她那滔滔宏论！噼里啪啦，火药味十足，却不知怎的充满魅力。我崇拜她说的每个词。尽管她也给我造成了鲜血淋漓的伤口。

傍晚我给她拿去了一个白面包和一个黑面包，还有我自己烤的罂粟籽面包卷。为了她我去偷，把一切可以顺手牵羊的东西都卷了来：小圆饼、葡萄干、杏仁、蛋糕。我希望我的行为能得到宽恕，因为我偷了安息日的食物，那是妇女们留在面包铺的炉灶里加热的。我会偷几片肉、一大块布丁、一只鸡腿或者鸡头、一块牛肚，凡是我能很快夹起来的我都偷。吃了这些东西，艾尔卡长胖了，漂亮了。

一整周我都不得不离家住在面包房里。每周五晚上我回家时，她总会找些借口。要么她胃痛，要么肋骨痛，或打嗝、头痛。诸如此类女人常找的借口，你懂的。我有一段难熬的日子，真是难受。再说，她的那个小弟弟，那个私生子，个头正一天天长高。他打得我身上肿起来，每次我想反击，她就张大嘴巴，狠狠地诅咒我，一团绿雾浮在我眼前。一天中有十多次，她用离婚来威胁我。换个人遇到这种遭遇，早就逃之夭夭了。而我却是那种忍辱负重、毫无怨言的人。有什么法子呢？肩膀是上帝赋予的，负担也是。

某个晚上，面包铺遭殃了，面包炉爆炸，铺子几乎着火。大伙没活可干只能回家，于是我回了家。我心想，在不到安息日的日子里也尝尝睡在床上的快乐。我不想惊醒熟睡的孩子，便踮起脚溜进屋子。我走近，好像听见了不止一个人的鼾声，的确如此，两个人的鼾声，一个鼾声十分微弱，一个鼾声像被宰的公牛叫声一样。噢，我不喜欢这样！一点都不喜欢。我向床走去，事情突然变得不妙。艾尔卡的身边窝着个男人。换个人遇到这种遭遇肯定会吼叫咆哮，把全镇的人都闹腾醒，可我想到这样也许会吵醒孩子。那样的小娃娃——干吗要吓坏一只小鸟，我想。好吧，我回面包房去了，四肢伸开躺在面粉袋上，可直到早上，我都没有合过眼。我浑身战抖，就像得了疟疾。“我当够蠢驴了！”我对自己说，“吉姆佩尔是不会当一辈子傻瓜的！即使像吉姆佩尔这样的蠢货，他的愚蠢也是有个限度的。”

早晨，我去找拉比出主意，这事在镇上掀起一阵骚动。他们立刻派会堂执事去找艾尔卡。她来了，抱着孩子。你猜她怎么着？她矢口否认，否认了一切，语气硬得像骨头和石头！“他犯浑了，”她说，“我可不知道他神神叨叨说的什么梦话。”他们朝她叫嚷、警告、拍桌子，但她一口咬定，那是诬告，她说。

屠夫和马贩子站在她一边。有个屠宰场小伙计过来跟我说：“我们可一直在监视你，你这个可疑的家伙。”这时孩子把屎拉在了身上，把自己弄脏了。会堂里有约柜[1]，是不可亵渎的，所以他们

---

1 约柜：古代以色列民族的圣物，“约”是指上帝跟以色列人所订立的契约，而约柜就是放置了上帝与以色列人所立的契约的柜；这份契约，是指由先知摩西在西奈山上从上帝耶和华得来的两块十诫石板。

把艾尔卡送走了。

我对拉比说："我该怎么办？"

"你必须马上和她离婚。"拉比说。

"她不同意咋办？"我问。

他说："你必须离婚。你非离婚不可。"

我说："好吧，拉比，让我想想。"

"没什么好想的，"他说，"你不能和她同住在一个屋檐下了。"

"如果我想探望孩子呢？"

"别管她，这个婊子，"他说，"也别管她那窝杂种。"

他给的最后判决就是不允许我再踏进她的家门——永不，只要我活着。

白天我觉得这事还没那么烦人。我想：这是注定要发生的，是疮必定会出脓。但晚上当我一个人伸展四肢躺在面包袋上时，我不禁悲痛欲绝。一份想念挟住了我，对她也是对孩子的。我想发怒，而这恰恰是我的不幸。我不能让这件事在我心里产生真正的愤怒。首先——我就是这样想的——人有时肯定会犯点小错。你过日子不可能一点错误不犯。也许是那个和她在一起的小子引诱了她，给她送礼物或者别的，女人往往头发长见识短，所以他哄得她"投降"了。再说她后来否认了这件事，或许我只看到了事情的表面？有时确实会产生幻觉。你看到一个人影、侏儒或者是别的东西，但当你一走近，却发现什么都没有，根本没什么东西。如果是这样的话，我就错怪她了。想到此处，我开始抹眼泪，我抽泣，把我枕着的面粉都濡湿了。早晨我去找拉比，告诉他我做错了。拉比用羽毛笔记下说，如果事实如此，他会重新考虑这整件事。他结案前我仍不能接近我的妻子，但我还是可以让人给她送面包和钱。

3

九个月过去了，所有拉比终于意见一致。函件来来往往。我没想到这么一桩事里头有这么多学问。

这期间，艾尔卡又生了个孩子，这次生了个女儿。在安息日，我去了会堂，希望上帝赐福给她。他们把我叫到律法书前，我以我岳母的名字为这孩子起名——愿她安息。镇上的笨蛋和大嗓门都来面包铺把我骂了一顿。整个弗兰波尔的人都因为我经历的倒霉和痛苦而精神抖擞。然而，我决定还是相信人们告诉我的话。不相信能有什么好处？今天你不相信你的妻子，明天你就不会相信上帝。

我通过一个住在她隔壁的学徒每天给她捎上一块玉米或一块小麦面包，或一片油酥糕点、面包圈、百吉饼，或者，我有机会的时候，一块布丁、一片蜂蜜面包、一个婚礼馅饼——只要我能弄到手。学徒是个心地善良的小伙子，不止一次地他还会加一些自己的东西进去。他之前惹我生过很大的气，拉我的鼻子，戳我的肋骨，但自从他这样成了我家的常客后，他就变得友善可亲了。“嘿，你呀，吉姆佩尔！”他对我说，“你可有个小娇妻和两个小宝贝。你可不配拥有他们。”

“可人们对她说三道四，”我说。

“哦，那群人长舌，”他说，“他们每天没事可干就知道嚼舌根。别理他们，就像别在意去年冬天有多冷。”

拉比派人来叫我过去，说：“你确定，吉姆佩尔，你错怪了你的妻子？”

我说：“我确定。”

“为什么，你注意了！你可是亲眼所见吧。”

“那肯定是个幻影，”我说。

“什么幻影？”

“只是一根屋梁的影子吧，我觉得。”

“那么你可以回家了。你可得谢谢扬诺夫拉比。他在迈蒙尼德教义中为你找到了一条鲜为人知的依据。”

我抓住拉比的手吻了一下。

我想立刻飞奔回家。与妻儿分居如此之久可不是一件小事。我继而一想：我现在最好先回去干活，晚上再回家。我没和任何人说，尽管我心里把这事当作过节一样。女人们像往日一样前来揶揄我、挖苦我，但我的想法是：继续吧，你们这群长舌妇。真相已经水落石出，就像油浮于水。迈蒙尼德都说这是正确的，因此这就是正确的！

夜里，我盖好面团让它发酵，我拿起我的那份面包和一小袋面粉开始了回家的旅程。满月高悬，群星闪烁，有什么东西让人觉得毛骨悚然。我加快脚步，面前投下长长的人影。现在正值冬天，刚下了一场雪。我很想唱歌，但已是深夜时分，我不想打扰周围的居民。后来，我又想吹口哨，但我又想到不能在夜里吹口哨，会招引鬼怪。因此我一声不吭，匆匆往家赶。

途中，几户基督徒家院子里的狗冲我叫嚷，可我心想：叫叫叫，把牙叫下来才好！充其量你们不就是狗吗？而我是人，是贤妻的丈夫，是前途无量的孩子的父亲。

走近屋子时，我的心开始怦怦直跳，好像我在犯罪。我不觉得害怕，但是我的心怦怦直跳。嘿，绝不能退缩。我轻轻打开门闩进屋。艾尔卡睡着了。我看了看婴儿的摇篮。百叶窗关着，但月光从它的缝隙中穿进屋子。我一望见新生儿的脸孔就——立刻——喜爱上了它，喜爱每寸小小的身骨。

然后我慢慢向床走近。我只看到睡在艾尔卡身边的那个学徒。月光随即彻底黯淡。屋内一片漆黑，我哆嗦着。我的牙齿直打战，面包从我手中掉落，我的妻子惊醒了，她说："呃，是谁呀？"

我咕哝道："是我。"

"吉姆佩尔？"她问，"你怎么来了？我记得这是禁止的。"

"拉比说我可以来。"我一边回答一边像发了烧一样全身战抖。

"给我听着，吉姆佩尔，"她说，"去羊圈瞧瞧那头山羊好不好。它好像病了。"我忘了说我们家有一头山羊。每次我听到它生病时都会去羊圈看看。这头母山羊是个可爱的小家伙，我对它有一种近乎对人的感情。

虽然将信将疑，我还是来到羊圈，打开了门。小山羊四腿站立。我摸摸它的全身，拉拉它的犄角，检查它的乳房，发现它没有什么异样。它可能吃了太多树皮。"晚安，小山羊，"我说，"保重。"这头小牲畜"咩"地叫了一声回应我，好像感谢我的好意。

我回到房间，那学徒已消失不见。

"在哪儿，"我问道，"那个小伙？"

"什么小伙？"我妻子反问。

"你是什么意思？"我问，"就那个学徒。刚才你和他在一块睡觉。"

"今晚和昨晚我梦见了一些精灵，"她说，"希望它们显灵，将你的身心一一杀死！恶魔已攫取了你的心，迷惑了你的眼。"她叫嚷道，"你这个可恶的畜生！你这个怪胎！白痴！野人！快滚，否则我把整个弗兰波尔的人都从床上叫起来！"

我还没来得及挪动一步，她的弟弟就从炉子后面蹿出来，一拳打在我后脑勺上。我觉得他快把我的脖子弄断了。我感觉自己有什么地方大错特错了，于是我说："别把事传出去。这样会让人家怪我把妖魔鬼怪都招引来了。"她就想达到这目的。"那样就没人愿意碰我烤的面包了。"

总之，我好歹让她平复了下来。

"好吧，"她说，"就这样。躺下吧，给车轮碾死算了。"

第二天早晨，我把那个学徒叫到一边，"听我说，兄弟！"然后把事情的来龙去脉都告诉了他。"你说什么？"他瞪着我，好像我刚从屋顶还是别的地方跌落了下来。

"我发誓，"他说，"你最好去看看医生郎中。我怕你的脑子有毛病，不过我会为你保密。"这事就这样不了了之了。

后来的事就长话短说吧，我和妻子一起生活了二十年，她给我生了六个孩子，四个女儿，两个儿子。发生了各种各样的事，但我没看到也没听到。我信她，这就够了。拉比最近对我说："信念本身就是好事情。书上说好人都靠信念过活。"

突然我妻子病倒了。从乳房上一个小东西、小疙瘩开始。但她显然是注定活不长了，没多少日子了。我花了一笔钱为她治疗。我忘了说，到这时我已经拥有自己的一个面包铺了，在弗兰波尔也算得上是个富人。郎中每天都来，附近一带的每个巫医也都请了来。他们决定先用水蛭吸血，再拔火罐。他们甚至叫了一位卢布林[1]的医生，可为时已晚。临死前她把我叫到她床边，说：“宽恕我吧，吉姆佩尔。”

我说：“宽恕什么呀？你始终是个忠贞的好妻子。”

“不，吉姆佩尔，”她说，“想到这些年我是怎么欺骗你的，我就觉得自己真是龌龊啊。我得干干净净地去见上帝，所以我得告诉你这些孩子都不是你的。”

我好像当头挨了一棒，愈发迷惑不解。

“那他们是谁的孩子？”

“我哪知道，”她说，“有许多人……但他们都不是你的。”她说着，脑袋歪向一旁，眼神也空洞了，艾尔卡就这样撒手去了。在她苍白的嘴唇上还留着一丝微笑。

我想象，她虽然死了，却在说：“我骗了吉姆佩尔。这就是我短暂一生的全部意义。”

4

一天晚上，艾尔卡的丧期结束后，我正躺在面粉袋上做梦，恶魔本尊来了，他对我说：“吉姆佩尔，你为什么在睡觉？”

我说：“那我应该在干吗？吃肉包子？”

1　卢布林：波兰东部城市。

“整个世界都欺骗了你，”他说，“该轮到你去欺骗世界了。”

“我该怎么样欺骗全世界？”我问他。

他回答：“你可以每天存一桶尿，到了晚上把它倒进面团里。让弗兰波尔的圣人们吃脏东西。”

“那将来世界会怎么审判我？”

“根本没有什么来世，”他说，“他们卖给你一大堆东西，还说服你相信自己的肚子里有只猫。多么荒唐啊！”

“好吧，”我说，“那么有上帝吗？”

他回答：“哪有什么上帝。”

“那么，”我说，“那有什么呢？”

“深不见底的泥淖。”

他站在我眼前，长着像山羊一样的胡子和长角，以及长长的牙齿和尾巴。听了他这番话，我想抓住他的尾巴，但我从面包袋上摔了下来，还断了一根肋骨。刚好这会儿我想上厕所了，我经过工作台时，看见了发酵的面团，好像在对我说：“下手吧！”简而言之，我被说服了。

黎明时，学徒来了。我们揉好面包，洒上香菜籽，然后把它们放进炉子。后来学徒出去了，我一人坐在炉子前木槽里的一堆破布上。好了，吉姆佩尔，我想，你已经为自己对他们加给你的羞辱报了仇。屋外冰霜闪烁，可炉子边却很暖和。火焰烘热我的脸。我低着脑袋，打起瞌睡。

我很快做了梦，梦中艾尔卡穿着尸衣。她朝我喊道："你干了什么，吉姆佩尔？"

我对她说："都是你的错。"接着便开始哭。

"你这傻瓜！"她说，"你这傻瓜！因为我什么事都对你作假，其他一切也都是假的吗？我没有骗过任何人，我是自欺欺人。我为这一切付出了代价。吉姆佩尔，在这里他们是不会放过你的。"

我看着她的脸，那儿黑漆漆的。我吓了一跳，醒了，然后就一直呆呆地坐着。我感觉到一切都悬而未决。只要走错一步，就会失去永生。但上帝向我伸出了援手。我抓起一把长铲，把面包铲了出来放在院子里，开始在这片结冰的土地上挖坑。

我正挖着的时候，学徒回来了。"您在干什么，老板？"他说，脸色煞白，像具尸体。

"我知道自己在干什么，"我说。当着他的面，我把面包全埋了。

然后我回家，把藏好的积蓄拿出来分给孩子们，"今晚我看见你们的妈妈了，"我说，"她变黑了，真可怜。"

他们惊讶得一句话都说不出来。

"保重，"我说，"忘了有个吉姆佩尔这样的人存在过。"我穿上短大衣、靴子，一手拿着装有祈祷披肩的包，一手拿着手杖，吻过门柱圣卷便出了门。街上行人看见我时都十分惊讶。

"你去哪儿？"他们问。

"出去见见世面。"我说，然后我就离开了弗兰波尔。

我游历四方，好人从未怠慢过我。许多年后我也上了年纪、两鬓斑白。我听过无数谎言与虚情假意，但我活得越久就越觉得其实世间是没有谎言的。现实中没发生的事情会在晚上梦见。如果没发生在某个人身上，就会发生在另一个人身上，不发生在今天，就会发生在明天，第二年没有发生，或许一个世纪以后就会发生。这又有什么区别呢？我听到一些故事常常会说："现在这件事是不会发生的。"然而还没过一年，我听说这事真的在某处发生了。

我四处奔波，承蒙过陌生人的款待，经常编造故事——那些永远不会发生的、离奇的故事——关于魔鬼、巫师、风车之类的。孩子们追在我身后，叫道："爷爷，给我们讲个故事吧。"有时他们要我讲特定的故事，我也尽量满足他们。有一次，一个小胖子对我说："爷爷，这个故事你之前给我们讲过。"这个小淘气，他说对了。

梦里的事情也和以前一样。我离开弗兰波尔很多年了，但我一闭上眼睛，就又回到了那里。你觉得我看见谁了？艾尔卡。她正站在洗衣桶旁，像我们初次见面时那样。可她的脸闪闪发光，她的眼睛散发着圣徒般的光辉。她对我讲古怪的话和离奇的故事。我一醒来就全忘了。但只要梦不断做下去，我就感到安慰。她回答我所有的疑问，她的话最后都是对的。我哭着恳求："让我和你在一起。"她安慰我，告诉我耐心些。时间也不远了。有时她抚摸我、亲吻我，贴在我的脸上抽泣。我醒来时，还能感觉她的嘴唇和泪水的咸味。

毫无疑问，这世界完完全全是个幻想的世界，但与真实的世界只有咫尺之遥。在我躺着的茅草棚门口，有一块竖着的、搬运尸体的木板。掘墓的犹太人准备好了铲子。坟墓等着，蛆虫饿了，裹尸布也准备好了——我把它放在我的要饭口袋里。另一个要饭的正等着继承我的稻草床。死神一来，我就会开心地动身。不论那里是什么，一切都将是真的，没有奉承，没有奚落，没有欺骗。谢谢上帝：在那儿，连吉姆佩尔这样的傻瓜都不会受骗。

来自克拉科夫的绅士*

1

在茂密的森林深处和几潭深不可测的沼泽之间，有一座山坡，该斜坡坡顶的水平地带，坐落着小村镇弗兰波尔，没有人知道是谁创建了这座小村镇，或这座村镇为何恰恰出现在那里。山羊在墓地中沉没的墓碑间吃草。社区管理处有一本记录历史的羊皮卷，但第一页缺失了，笔迹也褪了色。一个个传说在民间流传，讲述的是发疯的贵族、淫荡的女人、犹太学者，还有野狗的卑劣故事。但它们的真实来源已经失传。[1]

靠在村子周边耕作来生存的农民生活贫困—这是一片贫瘠之

* 本篇英语由玛莎·格利克利希（Martha Glicklich）、伊莱恩·戈特利布（Elaine Gottlieb）翻译。

地。村里，犹太人过着苦日子。他们的屋顶是用干稻草盖的，地板是用泥土糊的。夏天，很多人都不穿鞋，在寒冷的天气，他们用破布把脚包起来，或穿一双稻草做的凉鞋。

奥泽尔拉比，虽然因博学而闻名，但每周也只领取十八格罗希[1]的薪水。那位助理拉比，除了要在宗教仪式时宰杀牲畜，还要身兼教师、媒人、浴室服务员、济贫院护工。即使那些被认为富有的村民也几乎没有什么奢侈品。他们身穿棉质长袍，绑根绳子在腰间，只有在安息日才开荤。金币在弗兰波尔很少见。

但弗兰波尔的居民幸运地拥有优秀的孩子。男孩们长得高大强壮，女孩们娇俏美丽。这事好坏参半，对于那些留下来娶其他村镇女孩的年轻人来说，他们没有嫁妆的姐妹会一直结不了婚。令人费解的是，尽管如此，尽管粮少水污，孩子们仍旧茁壮成长。

后来，有一年夏天，发生了一场旱灾。即使是最年长的农民也不记得有过像这样的灾难。滴雨未落。谷物焦干又发育不良。几乎颗粒无收。直到刈获了几捆小麦，雨才姗姗来迟，伴随而来的冰雹摧毁了干旱下幸存的一切粮食。风暴过后，硕大如鸟的蝗虫奔袭而来。据说，它们的喉咙里发出了人的声音。它们呼呼地向那些试图驱赶它们的农民的眼睛飞去。那一年，集市歇业，因为啥东西都没了。无论是弗兰波尔的农民还是犹太人都无粮可食。

1　格罗希：早期波兰货币单位。

尽管大城市有食物，但没有一个人买得起。

就在所有希望都化成泡影，整个村镇将走上乞讨之路时，一桩奇迹发生了。一辆由八匹高头大马拉着的马车来到了弗兰波尔。村民们以为它的主人是一位信奉基督教的绅士，但这是个犹太人，一个二十几岁的年轻人，他下了车。他高大苍白，留着一簇修成圆形的黑胡子，有一双炽烈的深色眼睛，他戴着一顶貂皮帽子，穿着一双带银扣的皮鞋和狸毛装饰的长袖衣服。他的腰间系着一条绿色丝绸腰带。听到这个消息，全镇的人都纷纷赶来一睹这位陌生人的风采。他告诉众人：他是个医生，一个鳏夫，来自克拉科夫。他的妻子，一位富商的千金，在生孩子的时候难产死了。

村民惊呆了，问他为什么来弗兰波尔。这是一位神奇拉比的建议，他告诉他们。那位拉比信誓旦旦地跟他说，只要他到弗兰波尔，妻子死后他患的忧郁症就会烟消云散。在他分发救济品——三个格罗希、六个格罗希、半个盾[1]——时，一个个乞丐从贫民窟赶来，将他团团围住。显然，这个外地人是上天恩赐的礼物，弗兰波尔是注定不会湮灭的。这些乞丐匆匆地跑去面包铺换面包，而面包师启程去扎莫希奇进一袋面粉。

“一袋面粉？”年轻的医生问，“这撑不了一天的。我会叫辆马车，除了面粉外，也买些麦片玉米粉。”

1 盾：荷兰货币单位。

“可我们没钱呀，”村里的长辈说。

“如果一切顺利，你们可以在收成好的时候还我钱，”说着，陌生人掏出一个塞满金币的钱包。在他数金币的时候，弗兰波尔人发出阵阵欢呼。

第二天，一辆辆满载面粉、荞麦粉、大麦、小米和豆子的马车驶进弗兰波尔。村子交好运的消息传到了农民耳朵里，他们便去犹太人那儿，去买东西，就像埃及人曾经前往约瑟跟前[1]。没有钱，他们就用实物付账。村镇里终于有肉食了。如今炉子又生起了火，锅里装满食物。炊烟从烟囱中升起，街上散发着烤鸡烤鹅、洋葱大蒜和面包糕点的香味，融入夜晚的空气中。村民们重拾各自的手艺：鞋匠补鞋，裁缝们拾起了生锈的裁缝剪和烙铁。

尽管住棚节[2]已经过去，夜晚还是暖融融的，天空也明净。星星显得奇大无比。甚至鸟儿也苏醒了，它们啁啾鸣啭，仿佛正值仲夏。那个来自克拉科夫的陌生人入住旅店最好的房间，他的晚餐有烤鸭、杏仁饼和麻花面包。杏子和匈牙利葡萄酒作为甜点。六支蜡烛装饰着餐桌。一天晚饭过后，这位克拉科夫的医生走进旅店大堂，那儿聚集了一些爱打听八卦的本地人，他问：

---

1 约瑟为《圣经》中的雅各之子，由于兄长嫉恨被卖到了埃及。到埃及后，又被主人的妻子诬陷入狱，后来出狱成为埃及的宰相。

2 住棚节：犹太教和犹太民族节日。每年从犹太教历提市黎月（公历九月、十月间）十五日开始，为期七天或九天。为纪念以色列人出走埃及进入迦南前四十年的帐篷生活而设立。每逢节日，政府派人修剪树木，把剪下的枝条送给信徒搭棚。

“有人想打牌吗？”

“可还没到光明节[1]呢，”他们惊讶地答道。

“为何要等到光明节？一格罗希在我这儿可以换成一盾。”

一小撮无所事事的人愿意试试他们的运气，结果运气不错。换一格罗希只需要一盾，那就是说一盾立马变成了三十盾。抱有此希望的人都玩了这游戏。每个人都赢了钱。但这位陌生人并没有显出为难。钞票和金币银币盖满了桌子。女人和孩子挤进房间，面前金子的光芒就好像在他们眼中闪现。人们惊奇地喘着气。这档事从来没在弗兰波尔发生过。母亲们告诫她们的女儿好好打理头发，允许她们穿着节日盛装。被这个年轻医生的双眼眷顾的姑娘会是个幸运儿。他不会要女孩的娘家出嫁妆。

2

第二天早晨，媒人们来拜访他，个个夸赞着委托人家的女孩。医生邀他们进屋入坐，请他们享用蜂蜜蛋糕、小圆饼、坚果和蜂蜜酒，然后宣告：

“从你们每个人的口中我都得到相同的说辞：你们说的姑娘美

1　光明节：犹太教节日。该节日为纪念犹太人在马加比家族的领导下，从叙利亚塞琉古王朝国王安条克四世手上夺回耶路撒冷，并重新将耶路撒冷第二圣殿献给上帝。在这一天，人们感恩赞美、载歌载舞。

丽又聪明，且各有个性、独具魅力。但我怎么知道你们中谁在说实话？我想让最出众的那位做我的妻子。因此我建议：不妨举办一场舞会，邀请所有适龄女孩参加。通过观察她们的外貌和举止，我可以择优挑选。随后起草婚书、安排婚礼。”

媒人们惊得张口结舌。老梅德是第一个缓过神来的。“舞会？那玩意儿是有钱的异教徒们的消遣，而自从神殿被毁后，我们犹太人还没有过这样的庆典呢——除了法典[1]规定的那几个特定节日。”

“难道不是每个犹太人都得把女儿嫁出去吗？”医生问。

“可是姑娘们没有合适的衣服穿呀，”另一个媒人不以为然，“由于干旱，她们都只得穿得破破烂烂地参加舞会。”

“我会让她们都有衣服穿的。我会从扎莫希奇定足够的丝绸、天鹅绒和亚麻布供给每个姑娘。办场舞会吧。办一场让弗兰波尔永生难忘的舞会。”

“可我们在哪儿办呢？”又一个媒人插嘴道，“我们以前办婚礼的大厅早烧毁了，而我们的茅屋又太小。”

“那就在集市吧，”这位克拉科夫来的绅士提议。

1 法典：即《塔木德》，该书为犹太教有关律法条例、传统习俗、祭祀礼仪的论著和注疏的汇集。

“可现在已经是赫舍汪月[1]了。这时节说冷就冷了。”

“我们会选一个暖和的月夜。别担心。”

针对媒人们的种种反对意见，这个陌生人都有应对的答案。最终他们同意去找长辈们商量。医生说他不着急，会等待他们的决定。在整个讨论过程中，他一直边嚼葡萄干边与镇上一位最聪明的青年下棋。

长辈们一听到这个提议立马表示怀疑。可姑娘们却兴奋不已。小伙子们也很赞同。母亲们起先还假惺惺地犹豫，但最后也同意了。当几位长辈代表去找奥泽尔拉比请教时，他发怒了：

“这是什么江湖骗子？”他喊道，“弗兰波尔可不是克拉科夫。我们竟然要办舞会！但愿上帝不会对我们降下瘟疫，让无辜的婴儿为我们的轻浮付出代价！”

但比较务实的长辈与拉比据理力争：“咱们的女儿现在衣衫褴褛、光着脚丫走来走去。他会给她们提供鞋子和衣裳。如果某个女孩能令他欢喜，他会娶她为妻，在此安家落户。这无疑对我们有好处啊。会堂的屋顶需要修缮，研习所的窗玻璃已经坏了，浴室也急需维修。在济贫院，病恹恹的人还躺在一堆腐烂的草席上呢。”

“这些全都是实情。可是，万一我们犯下罪过？”

“一切都依法典行事，拉比。你可以相信我们。”

1　赫舍汪月：希伯来历中犹太教历八月，犹太国历的二月，在公历十月至十一月间。

奥泽尔拉比取下法典阅览。他偶尔停下来细细研读某一页，接着，一番长吁短叹、犹犹豫豫后，他终于答应了。还有什么选择吗？他自己也六个月没领过薪水了。

拉比一首肯，人们就开始热火朝天地筹办舞会。干货商人立即去扎莫希奇和亚涅夫[1]进货，带回了用克拉科夫绅士的钱买的布料和皮革。裁缝和绣工日以继夜地忙活，鞋匠只有祈祷时才离开工作台。年轻姑娘们都翘首以待、欣喜若狂，开始排练还隐约记得的舞步。她们烤面包和其他酥点，用光了原本以备不测而储存的果酱和腌制的食物。弗兰波尔的乐师们同样跃跃欲试。钹、小提琴和风笛，已经被遗忘和忽视许久，必须擦去灰尘、调整音色。欢乐的气氛甚至还感染了老人，因为传言说这位高雅的医生打算为穷人们办一场宴会，宴会上会分发救济品。

符合条件的女孩一门心思想着装点自己。她们擦洗皮肤，打点发型。一小部分女孩甚至出入洁净礼用的浴室，和已婚妇女共浴。晚上，她们擦上腮红，扑闪着眼睛，在自家或其他人家里聚会，一起讲故事、猜谜语。她们，甚至她们的母亲在夜里都难以入眠。父亲们睡觉时叹着气。突然间，弗兰波尔的年轻姑娘们显得楚楚动人，让那些原先考虑入赘的小伙子爱上了她们。尽管这些小伙子仍身在研习室钻研法典，但法典的智慧不再渗入他们的

1　亚涅夫：波兰东南部小镇“Janów Podlaski”，亚涅夫为其意第绪语名称音译。

肺腑。现在挂在他们嘴边的只是舞会，只有舞会才占据了他们的心田。

来自克拉科夫的医生自得其乐。他一天要换好几套行头。起先是丝绸外套和绒毛拖鞋，接着是一件羊毛大衣配长筒靴。用某餐饭时他披着一条狸毛披肩，到下一顿饭时他就穿着绣着花叶图案的斗篷了。早餐，他就着干葡萄酒吃烤乳鸽；中饭，他点了鸡蛋面和薄卷饼；工作日，他还敢吃安息日的布丁。他从不参加任何祷告活动，相反地玩遍各种游戏：打牌、狩猎、投币。午饭后，他会和他的车夫驾车穿越整个街坊。农民见到他就举帽鞠躬，鞠得头几乎都要碰到地面了。有一天，他拄着一根金头手杖在弗兰波尔漫步。女人们挤到窗口去看他，而男孩们则一路尾随，捡他扔给他们的冰糖。晚上，他和朋友们，一群快乐的年轻人，喝酒到三更半夜。奥泽尔拉比时常警告他那帮朋友，说他们在恶魔的引领下走上了一条下坡路，但他们就是充耳不闻。他们的心全都被这个月中旬将在集市举行的舞会攫住了，那时正值满月。

3

村镇边缘，一个靠近沼泽的小山谷之中，坐落着一间比鸡舍大不了多少的小屋。它的地板是泥土的，窗户是木板搭的，还有屋顶，因为布满绿黄不一的青苔，让人想起一个已被遗弃的鸟巢。几堆垃圾散落在屋前，石灰槽在湿软的地面上蜿蜒。在垃圾中，有时会出现一把没坐板的椅子，一只失了个壶耳的茶罐，一张缺桌脚的桌子。各式扫帚、器物骨架还有破布似乎都在那儿腐烂。这就是叫花子利帕和他女儿赫黛住的地方。他的第一任妻子活着的时候，利帕还是弗兰波尔一个受人尊敬的商人，在会堂的东墙占有一席之地。可第一任妻子在河中溺水身亡后，他的境遇就一落千丈。他开始酗酒，与镇上的地痞为伍，很快便落了个破产的下场。

他的续弦，一个亚涅夫的女乞丐，给他生了个女儿，由于他一贫如洗就丢下女儿弃他而去。他对妻子的离开也不上心，利帕让孩子自己去谋生计。每个星期，有那么几天他从垃圾堆里翻捡破纸烂布，其余时间都窝在酒馆。虽然酒馆老板娘对他恶语相向，他也用辱骂回怼她。利帕颇有人缘，因为他善讲故事。他讲的那些关于女巫、风车、恶魔和精灵的故事给店里带来不少客源。他会背波兰语和乌克兰语的诗歌，还自有一套讲笑话的本领。酒馆老板允许他在炉子边上占个位，有时还会给他一碗汤或者一块面包。那些知道他过去发迹的老朋友，有时会送他一条裤子、一件旧大衣或者一件衬衫。他来者不拒，毫不客气。当他们转身离开时，他甚至还朝资助他的人的背影吐舌头。

俗话说：“有其父，必有其子。”赫黛继承了双亲的恶习——她父亲酗酒，她母亲要饭。她六岁时，大家就叫她贪吃的小贼。她赤着脚，光着半身，在镇上游荡，闯进没人在的屋子，搜寻食物橱柜。她偷抢家禽，用碎玻璃割开它们的喉咙，然后吃下肚去。尽管居民们多次告诫她的父亲，说他养了个小畜生，但这些话对他好像没什么作用。他很少同他女儿说话，她甚至不叫他爸。她十二岁时，她的淫乱成了女人之间的谈资。据说一帮吉卜赛人去了她的窝，她狼吞虎咽地吃光了一堆猫肉狗肉，事实上，每种动物的尸体她都吃。赫黛高挑瘦削，红发绿眼，无论夏天冬天她都光着脚，她的裙子都是用裁缝们丢弃的各色碎布头做的。母亲们害怕她，她们说她会口吐咒语伤害孩子。镇里规劝她的老人们也受到她无耻的咒骂。她有杂种的狡猾和蝰蛇的口齿，当被街上的小混混攻击时，她毫不犹豫地反击。在骂人这方面她尤其厉害，有一套不带重复的骂词。比如她会这样破口大骂："你舌头生疮，眼生坏疽，"或者，兴许，"你不得好死，烂得连黄鼠狼都嫌臭！"

有时她的诅咒会应验，所以镇上的人都小心地不去招惹她。但随着她长大，她渐渐避免在村里的重要场合现身，大家也几乎把她给忘了。但那天，正当弗兰波尔的布商为准备舞会在镇上的女孩中间分发布料和皮革时，赫黛又出现了。这会她大概已十七岁，虽然还穿着短裙，但已经完全出落成一个女人了，她脸上布着雀斑，头发乱糟糟的。一串就像吉卜赛人才戴的那种串珠环在她的脖子上，手腕上则戴着狼牙做的手环。她从人群中间挤进来，向布商要她的那份布。但除了一些碎布头和废皮料已经所剩无几，于是布商就把这些东西给了她。赫黛对自己的份额很不满，就赶紧带着东西回家了。那些围观的人笑道："瞧，这是谁要去参加舞会！她会打扮得多漂亮啊！"

终于鞋匠和裁缝们都完工了：每一件礼服、每一双舞鞋都做得很妥帖。白天无比暖和，夜晚也像在五旬节[1]中那样明亮。舞会这天，启明星唤醒了整个村镇。茶桌和长凳摆在集市的一边。厨子们已经焙好了牛、羊、鹅、鸭和鸡，烤了海绵蛋糕、葡萄干蛋糕、麻花面包卷、洋葱饼干和生姜面包。酒商带来蜂蜜酒、啤酒和一桶匈牙利葡萄酒。孩子们来的时候带了他们在俄梅珥节[2]才会玩的弓箭，普珥节[3]用的拨浪鼓以及印着律法书的旗子。甚至连医生的马匹都装饰着柳条和秋花，马车夫和这些马一起从村镇里招摇过市。学徒们丢下工作，犹太学校的学生丢下成卷的法典。尽管奥泽尔拉比禁止年纪尚轻的已婚妇女参加舞会，她们还是穿上婚纱来了，和年轻女孩们一起报到，女孩们也穿着纯白的衣裳，

1　五旬节：犹太传统三大节日之一，在公历五月至六月间。逾越节后数算七个周，第七个周安息日的次日就是五旬节。五旬节恰好是在以色列人逃出埃及的第五十天，获得《十诫》的日子，从这天开始，犹太人开始遵守犹太律法，五旬节标志着犹太律法的诞生。

2　俄梅珥节：在逾越节和五旬节之间的七个周，犹太人要数算俄梅珥（一种大量器），在这四十九天中数算俄梅珥以铭记以色列的历史及灵性上预备和期待接受上帝赐予的律法。

3　普珥节：犹太节日。为纪念以斯帖王后挫败波斯宰相的灭族阴谋设立的，在这一天，人们饮酒欢宴，唱歌跳舞。

每个人都手持一根蜡烛，仿佛个个都是伴娘。乐队已开始演奏，乐曲欢快。只有奥泽尔拉比一人没有参加舞会，他将自己锁在书房里。他的女仆去舞会了，把他一个人孤零零地留在那儿。他明知这种行为毫无益处，但他也无计可施，无法阻止。

黄昏时分，所有女孩全都来到集市，被镇上的人围在其中。舞会开始，鸣鼓奏乐，小丑开始表演。女孩们开始跳舞：先是方阵舞，再是剪刀舞，接着是科扎科舞，最后是愤怒之舞。此刻月亮出来了，虽然太阳还未下山。到了那位克拉科夫绅士登场的时候了。他骑着一匹白色母马，在他的保镖和男傧相左拥右簇下进入舞池。他头戴一顶羽毛装饰的礼帽，银质的衣扣在绿色大衣的映衬下闪着光。一把佩剑别在腰间，他闪闪发亮的靴子踏在马镫上。他就像一位谦谦绅士，在随从的陪护下奔赴沙场。女孩们跳舞时，他默默地坐在马背上观赏着她们。她们多么优雅，舞步何等迷人！但有一位姑娘没跳一支舞。那就是叫花子利帕的女儿。她站在一旁，无人理会。

4

格外硕大的落日，宛如一只天堂之眼，愤懑地俯视着弗兰波尔集市。弗兰波尔从没见过这样的落日。就像燃烧着硫黄的河流，炽热的云从空中穿过，还变幻出象、狮、蛇和其他妖魔的形状。它们好像要在天空发动一场战争，彼此撕咬着，唾着血肉，喷涌着火焰。它几乎成了人们眼中的地狱冥河，魔鬼在发光的煤堆和滚滚灰烬间折磨着生前的恶人。月亮膨胀，愈发巨大，一片血红，斑斑驳驳，伤痕累累，散发出羸弱的光芒。这个夜晚变得格外黑暗，甚至星星都溶进了黑暗。年轻人举着火把，准备了一桶燃烧的沥青。影子来来回回地舞动，仿佛在参加它们自己的舞会。集市周围的房屋好似在震动：屋顶颤抖，烟囱摇晃。这样的欢腾和陶醉是弗兰波尔从未体验过的。每个人，在这几个月中，第一次酒足饭饱。甚至动物都加入了这作乐的行列。马匹嘶叫，牛儿哞哞，一小部分幸免于屠宰的公鸡啼鸣。一群乌鸦和奇鸟飞进来叼食残羹剩菜。萤火虫点燃黑暗，闪电在地平线掠过。但没有雷声。一道诡异的圆形光芒在天空闪烁了几秒后，就突然向地平线坠去，一条猩红的尾巴拖在身后，像一根燃烧的杆子。接着，就在每个人都望着这空中奇观时，克拉科夫的绅士说话了：

“听我说，我有好事要通告大家，但千万别得意忘形。丈夫们，搂紧你们的妻子。小伙子们，管好你们的女朋友。瞧，我是全世界最富有的人。在我眼里，金钱就像沙子，钻石不过是卵石。我来自俄斐，所罗门王在那儿为自己找到了建造宫殿的金子；我住在示巴女王宫殿。[1]我的马车是实打实的黄金锻造，车轮

1 “俄斐”“所罗门王”和“示巴女王”：传说俄斐是个盛产黄金和宝石的城池，示巴女王出生于此，因仰慕所罗门王的智慧，她带了许多香料、宝石和黄金去觐见所罗门王。

上镶着蓝宝石，车轴则是象牙做的，车灯上装饰着红宝石、祖母绿、猫眼石和紫水晶。‘十个遗失部族[1]的统领’知道你们历经重重苦难，于是特地派遣我来做你们的恩主。但有个前提条件。今晚，所有处女都必须出嫁。我会为每个女孩提供一万杜卡特、一串长至膝盖的珍珠项链作为嫁妆。不过得赶快行动。每个女孩在钟声敲响十二点前必须找到一位丈夫。”

鸦雀无声。像新年时吹羊角前那般安静。静得飞虫的嗡鸣声都能听见。

突然一个老人喊道：“可这怎么可能。姑娘们都还没订婚呢！”

“那就即刻让她们订婚。”

“和谁呢？”

“我们可以抓阄，”克拉科夫的绅士回答，“每个要结婚的人都得把他的名字写在卡片上。我也会写。然后我们就看看谁和谁是命中注定。”

“但女孩必须等七天才行。她得净身沐浴。”

“就让我来承担这份罪过吧。女孩不必等待。”

尽管老人们和他们的妻子一再抗议，一张纸还是被撕成了小片，由一名记录员写上了每个小伙或姑娘的名字。村里的仪仗

1 所谓“十个遗失部族”是指古以色列十二个部族中，被驱逐出以色列王国的十个。公元前722年，亚述灭亡以色列王国，这十个部族被驱逐出境。《塔木德》中讨论道，这十个部族终有一日将会归来。

官，现在替克拉科夫的绅士效劳，从一顶帽子里抽出小伙的名字，从另一顶帽子里抽出姑娘的名字。他宣布配对时的那腔调，就如他叫祈祷集会上的人去朗读法律书一模一样：

“内厄姆，卡特尔之子，将娶耶特尔，弥森之女。所罗门，科夫·巴尔之子，将娶特瑞娜，乔那·里别之女。”这种鱼龙混杂很怪异，可是因为夜里所有羊都呈黑色，这种配对似乎挺有道理。每次抽签一结束，新人便手拉着手，来到医生跟前索要嫁妆和伴手礼。像他之前允诺的那样，这位克拉科夫的绅士会给他们相应的杜卡特，并在每位新娘脖子上挂上珍珠项链。此时此刻，母亲们难掩喜悦之情，欢呼着跳起舞。父亲们一脸懵懂地站在一旁。当女孩们提起裙子去接医生给的金币时，她们的大腿和内衣裸露了出来，让男人们情欲萌动。小提琴发出刺耳的声音，鼓声砰砰作响，喇叭声响亮刺耳，尖叫声震耳欲聋。十二岁的男孩娶了十九岁的“老姑娘”；殷实人家的儿子配上贫困户的女儿；矮子与巨人成婚，美女则碰上了跛子。在最后两张纸片上，赫然写着克拉科夫的绅士和赫黛，叫花子利帕的女儿。

那个之前喊话的老人又说：“悲哀啊，这女孩是个婊子。”

“到我这儿来，赫黛，到你的丈夫身边来。”医生喊道。

赫黛，她的头发编成两条长辫，身穿棉花裙，脚踏凉鞋，没等问第二遍就过去了。她一被喊到名字，就走到坐在马背上的克拉科夫的绅士面前，跪在了地上。她在他面前俯伏了七次。

“那老顽固说的话是真的吗？”她未来的丈夫问道。

“是的，大人，是这样的。”

“你只犯过违反犹太教的过错还是连异教徒们的戒律都打破过？”

“都犯过。”

“犯错是为了谋生吗？”

“不，为了纯粹的快乐。”

“你是什么时候开始犯的？”

“十岁不到。”

“你对你之前的所作所为难过吗？”

“不。”

“为什么？”

“为什么我该难过？”她不知羞耻地回答。

“你不怕下地狱受折磨？”

“我什么都不怕——甚至上帝。世上可没上帝。”

这时老人又尖叫起来：“悲哀！悲哀！！一团火焰正在我们头顶上燃烧，犹太人啊，撒旦之火。拯救你们的灵魂吧，犹太人。快跑吧，趁现在还没有太晚！”

“让他闭嘴。”这位来自克拉科夫的绅士命令道。

保镖抓住老人并在他嘴里塞上了东西。医生牵着赫黛的手开始跳舞。这会儿仿佛黑暗开始发威，天空突然下起大雨和冰雹，闪电伴随着喑哑的雷鸣。可是，人们对这暴风骤雨毫不在乎，虔诚的男女不知羞耻地你搂我抱，像着了魔般地跳舞、吼叫。甚至那些个老头也被感染了。在这一狂热中，舞裙遭撕裂，鞋子被踢掉，帽子、假发和便帽被踩在泥中。腰带滑落到地上，像蛇一样扭曲着。突然响起一声恐怖的轰鸣。一道巨大的闪电同时劈毁了会堂、研习室和洁净礼浴室。整个镇子陷入一片火海。

这下，那些受骗上当的人终于意识到这一切并不是自然现象。虽然雨还在持续地下，甚至越下越大，但火却没被浇灭。一道令人毛骨悚然的光在集市上闪烁。一小部分谨慎胆小的人企图从癫狂的人群中抽身而退，却被撞倒在地，任人踩踏。

接着这位来自克拉科夫的绅士揭开了他的真面目。他不再是受村民们欢迎的年轻人，而是一头长满鳞片的野兽，一只眼睛长在胸口，额头上有一只快速旋转的角。他的手臂布满刺和弯曲的毛发，他的尾巴是一堆活蛇，因为他正是开特里尼——恶魔之王。

巫婆、狼人、小妖怪、魔鬼和邪恶的精灵们从天而降，有的骑着扫帚，有的坐着铁箍，还有些驾着蜘蛛。玛斯拉斯的女儿奥斯纳斯，她火一样的头发在风中飘散，她的乳房赤裸、大腿裸露，从一个烟囱跳到另一个烟囱，滑过屋檐。纳玛，还有阿芙的女儿赫米，以及许多其他女妖怪翻着各种花样的筋斗。撒旦开始了它的婚礼仪式，由四个小鬼持着的婚篷杆子，此刻它们变成了扭动的蟒蛇。四条狗护卫着新郎。赫黛的衣衫滑落下来，她一丝不挂地站着，乳房垂到了肚脐，脚上也生出了蹼，头发里是各种恶心的虫子。新郎掏出一枚三角形戒指，他不说“按照摩西和以色列人律法，此戒指将你献给我”，相反地，则是说“按照可拉[1]和以实玛利[2]的亵渎，此戒指使你堕落为我妻子”。妖怪不祝新人好运，它们叫道：“祝你倒霉！”接着它们唱起歌来：

夏娃的诅咒，该隐的印记，

毒蛇的狡黠，结合了二人。

最后一声尖叫后，那个老人抓着脑袋随即一命呜呼。开特里尼唱起：

愿魔鬼的粪便和撒旦的咒语

带领此人的灵魂在地狱受苦。

5

半夜，老奥泽尔拉比醒了。因为他是个圣洁的人，这场正

1　可拉：《圣经》人物，在摩西做以色列领袖时，可拉是他的反叛者。

2　以实玛利：《圣经》人物，亚伯拉罕的庶子。在亚伯拉罕妻子撒拉生下以撒时，已经十四岁的以实玛利嘲笑了以撒。

在吞噬全村的火却对他家无能为力。他坐在床上，四下张望，心想黎明是否已经降临。但屋外既不是白天也不是夜晚。天空呈现一片燃烧的红色，从远处传来一阵夹杂着叫喊与歌声的喧闹，就像野兽的咆哮。起先，老人什么都想不起来，想知道发生什么事了。“世界走向尽头了？还是我没听到预示弥赛亚降临的公羊的号角？他来了吗？”洗了洗双手，他穿上拖鞋和大衣出门了。

镇子已面目全非。曾经有房屋的地方只剩下烟囱伫立着。到处都是闷烧的煤堆。他叫仪仗官，但没人回应。拉比拄着手杖寻找人影。

“你们在哪里，犹太人，在哪儿？”他凄然地叫着。

大地烫伤了他的脚，但他没有放慢脚步。疯狗和怪物袭击他，但他挥着手杖对付它们。他悲痛欲绝，以致感觉不到害怕。之前是集市的地方只见一派可怕的景象。那里什么都没有了，只有一口巨大的沼泽，里面全是烂泥和灰烬。一群赤裸的人在齐腰深的污泥中摆弄着舞蹈的动作。一开始，拉比以为举止怪异的身影是恶魔，就准备背诵经文，“愿他们得到满足”，以及其他一些驱魔的篇章，突然他认出这些都是村镇上的人，他这才想起那位来自克拉科夫的医生，拉比哀号道：“犹太人啊，看在上帝的分上，拯救你们的灵魂吧！你们如今落入了撒旦的手中！”

但全镇的人们太过沉醉，没有听到他的呼喊，继续狂热地淫乐了好一阵，像青蛙般蹦跶，像患热病般摇晃。女人披头散发，裸露着乳房，笑着，叫着，摇摆着。一个女孩抓住一个犹太男孩的鬓发，把他拉到她的膝盖上。一个女人拽着一个陌生男人的胡子。老人都浸在齐腰深的烂泥里。他们看上去半死不活。

虽然现实残酷，拉比还是敦促人们抵抗邪恶。他背诵了法律书和其他圣书，还有上帝的箴言和几个化名，成功唤醒了一部分人。很快其他人也回应了他。拉比帮助第一个人摆脱泥淖，这个人又帮助另一个，一个接一个。大部分人都在启明星出现的时候恢复了原样。也许是祖先的灵魂说服了他们，因为尽管许多人都犯下了罪过，但那晚只有一个人死在集市的广场。

现在人们震惊了，意识到是魔鬼迷惑了他们，将他们拖入泥潭。他们号啕大哭。

“我们的钱呢？”女孩们哭号，“我们的金子、珠宝呢？我们的衣服哪儿去了？葡萄酒、蜂蜜酒和伴手礼是怎么回事？”

但一切都化作污泥，弗兰波尔镇，坍塌破败，也成了一片沼泽地。它的村民溅着泥浆，赤身裸体，形象可怖。有那么一会儿，他们还忘记悲痛，互相嘲笑。女孩的头发变得毛躁打结，还缠着蝙蝠。年轻男子头发灰白，满面皱纹。老人蜡黄得像尸体。他们中间躺着那个死去的老人。太阳冉冉升起，也因羞愧而红了脸。

“让我们撕了衣服为他哀悼吧，”一个男人说，但他的话激起了笑声，因为所有人都没穿衣服。

“我们完了，姐妹们。”一个女人哀叹。

“让我们淹死在河里吧，”一个女孩尖叫，“还活着干什么？”

一个在犹太学校上学的男孩说：“让我们用腰带勒死自己好了。”

“兄弟们，我们堕落了，我们亵渎上帝了。”一个马贩子说。

“你们失去自己的初心了，犹太人？”奥泽尔拉比呼吁，“忏悔吧，现在还不算太晚。尽管你们落入了撒旦的圈套，但都是我的错，我愿意一人承担罪过。我才是有罪的那个。我会当你们的替罪羊，这样你们的灵魂便是洁净的了。”

“真是疯了！”一位学者愤然说道，“上帝可不许你这颗神圣的脑袋蒙上这么多的罪孽！”

“别担心那个。我的肩膀很宽阔。我本应该更有预见。我瞎了眼没有认出那个克拉科夫医生就是撒旦。当牧羊人蒙蔽双眼，羊群就会迷失方向。我才是那个应该受惩罚、被诅咒的人。”

“拉比，我们该怎么办？我们无家可归、无衣可穿，一无所有。我们真倒霉，我们的身心都遭殃啊。”

“我们的小宝宝们！”年轻的妈妈们哭叫道，“我们赶紧去看看他们！”

唉，婴儿才是弗兰波尔人因贪恋金子而逾矩的真正的受害者。婴儿摇篮已被烧毁，小小的身躯被烧焦。母亲们弯腰拾起小手、小脚和小骷髅头。哀号和痛哭持续了很久，但这一整个镇子的人能哭泣多久呢？掘墓人将他们的骨头一一收集起来，送至公墓。大半个镇子的人开始按规实施七日服丧。一律斋戒，因为哪里都没有食物。

然而犹太人的同情心名闻遐迩，当邻镇亚涅夫听说发生了什么时，就募集了衣物、被褥、面包、奶酪和碗碟给弗兰波尔送来。木材商送来了造房子的木料。一位富商提供贷款。第二天，村镇的重建就开始了。尽管服丧期不允许大动干戈，但奥泽尔拉比颁布规定，说这是例外情况：攸关人们的生死。天气也奇迹般地温和，没有下雪。这股勤劳的干劲在弗兰波尔也是前所未有。居民边重建边祈祷，一边搅拌沙子和石灰，一边吟唱赞美诗。女人与男人一同忙活，女孩也抛下小姐身段帮起忙。学者和身居高位者也施以援手。来自周边村庄的农民，听说这场灾难，就将老人和残疾人安顿在他们家中。他们也送来了木材、土豆、包菜、洋葱和其他食物。卢布林的牧师和主教听说这事儿牵涉巫术，便前来讯问目击者。抄写员在记录这些弗兰波尔居民的话时，一下子想起了叫花子利帕之女赫黛。可当镇上的人去她茅屋所在的地方时，他们却发现那小丘被野草和荆棘覆盖，除了乌鸦和野猫的鸣叫声外一片寂静。没有半点有人曾在此居住的迹象。

后来大家才明白，赫黛就是莉莉丝，冥界的主人是因为她才来到弗兰波尔的。调查过后，卢布林的神父对所见所闻大吃一惊，就回家去了。过了几天，就在安息日的前一天，奥泽尔拉比去世了。全镇的人都参加了他的葬礼，镇里的牧师为他念了一阕颂词。

新的拉比适时来到社区任职，一个崭新的村镇拔地而起。老一辈人故去，公墓里的坟堆慢慢隐没，墓碑也渐渐沉陷。而这一故事，经由值得信赖的目击者签署后，仍可在记录历史的羊皮卷上读到。

故事中的桩桩事件昭示了尾声：弗兰波尔终于扼制住了对金钱的贪欲。此后，这贪欲再也没有死灰复燃。一代代人繁衍更迭，居民一直过着清贫的日子。在弗兰波尔，金币被深恶痛绝，甚至银币也被嗤之以鼻。一旦某个鞋匠或裁缝漫天要价时，人们就会告诉他："去找那个克拉科夫的绅士吧，他会给你一桶又一桶的金子。"

在一座小纪念堂里，立着奥泽尔拉比的墓碑，那儿燃烧着一束永恒之光。常常可见一只白鸽栖息在屋顶：那是奥泽尔拉比的圣者之魂。

杀妻者——一则民间故事*

1

我来自托尔平，在那里，我们有个“杀妻者”。

他名叫皮尔特，杀妻者皮尔特。他有四个妻子，但愿这样说不会冒犯他，他把她们都送去了另一个世界。女人看中他什么呢？我不知道。他是个小个子，身材结实，脸色灰白，有着蓬乱的胡子和充血凸起的眼睛。仅是看着他这副模样就让人心生恐惧。至于他的吝啬——你从不会见过有人像他这样小气。无论冬夏，他都穿着同

* 本篇英语由什洛莫·卡茨（Shlomo Katz）翻译。

一件带内衬的长袖衣服和一双生皮靴到处闲逛。虽然他很富有。他有一栋相当大的砖房，一个装满粮食的粮仓，在镇上还有别的财产。他有个橡木柜，我现在都还记得。它外面用皮革包着，用铜环锁着，以防火灾。为防小偷，他把它钉在地板上。据说里面藏着一笔钱。反正，我是理解不了为什么一个女人能和这样一个男人走入洞房。前两任妻子至少还有个原因：她们都来自穷人家。第一位妻子——可怜的人，愿你灵魂永生——是个孤儿，他就娶了这样的她，没要任何嫁妆。第二位妻子——愿她安息——是个名下没有一分钱的寡妇。她甚至都没有一件内衣，请你原谅我这么说。现在人们都谈情说爱。他们认为男人曾经都是天使。胡说八道。笨拙如他这家伙，对她神魂颠倒，因此所有托尔平人都窃笑着看热闹。他已经是个四十多的人了，而她还只是个孩子，十八岁抑或不到。总之，好心人推了把手，亲戚也在其中牵了牵线，这事就这么水到渠成了。

婚礼一办完，年轻的妻子就开始抱怨他的行为诡异。她讲了些奇怪的故事——愿上帝原谅我的措辞。他行事总是居心不良。他早晨去祷告前，她问他："你中午想吃什么呢，普通汤还是罗宋汤？""汤。"他大概这样说。于是妻子为他做了汤。他过后回家来就抱怨："我不是让你做罗宋汤吗？"妻子争辩说："你自己说你想喝普通汤的。"然后他会说："这么说来我就是骗子啰！"你还没来得及转身，他就勃然大怒了，抓起一片面包、一颗蒜头就跑回会堂去吃。她拔腿就追，大声喊道："我给你做罗宋汤！别让我在人前丢脸！”但他甚至不回头看一眼。会堂里，年轻人正坐在那儿钻研。“发生什么了，你怎么坐在这里吃？”他们会问他。“我老婆把我赶了出来。”他会这么说。长话短说，他就用他的坏脾气把她逼进了坟墓。当人们建议她和他离婚时，他就会威胁抛下妻子逃跑。有一次他真的跑了，被人在亚涅夫的路上逮着了，在收税关卡旁边。女人拿他没办法，就只能卧床不起，最后死了。“我快死了，都是他害的，”她说，“但愿这样说不会冒犯他。”全镇的人都被激怒了。有几个屠户和年轻人想给他点颜色瞧瞧，因为她是他们阶层的一员，但街坊邻里不允许这样做——毕竟，他还是个有钱人。死人下葬，就像人们说的，被大地吞噬的一切很快就被遗忘。

好多年过去了，他没有再娶。或许是他不想再娶，又或许没有合适的契机，就这样，他一直鳏居独住。女人对此幸灾乐祸。他甚至变得比以前更抠门了，邋遢得让人觉得恶心。只有在周六他才吃一点肉：碎肉和肉皮。一整周他都只吃干粮。他用自己的稻和糠烤面包。他也从不买柴火。相反地，他在夜里背了个麻袋出门，去面包店附近捡碎木渣子。他有两个深口袋，他看到什么都往里捡：骨头、树皮、线、碎片。他把捡来的破烂藏在阁楼里。他把东西堆得有屋顶那么高。“这些小玩意迟早有派得上用场的时候。”他常常说。在讨价还价方面，他还是个书生，在每个场合都能引经据典，但通常他寡言少语。

每个人都觉得他会孤独终老。突然一个坏消息传来：他与雷布·法里克的女儿芬可订了婚。我该如何对你形容芬可呢?她是镇上最漂亮的人,也出身于最好的人家。她的父亲,雷布·法里克,是个富豪。据说他用丝绸装订他家的书。每当一位新娘被领着前往洁净礼时,乐师们便会在他家窗前驻足,献上一首小曲。芬可是他的独生女。他原本有七个孩子,但只有她幸存下来。雷布·法里克把她许配给布罗迪的一个富有的年轻人,他是个万里挑一的才俊,知识渊博又有智慧,一位真正的贵族。我只见过他一面,他一头卷发,穿着绣花长外套、精良的鞋子和白色袜子。一副年轻气盛的样子。可时运不济。在婚礼上赐过七福后,他的身体垮了。叫来了巫医齐舍,他在他身上放了水蛭放血,但你有什么办法反抗命运呢?雷布·法里克赶着马车去卢布林请一位医生,但路途遥远,转眼间,他就一命呜呼了。整个镇子都在哭泣,就像赎罪日[1]前夕做悔罪祈祷一样。老拉比——愿他安息——发表了颂扬死者的悼词。我只是个有罪的妇道人家,我不太懂那些学问,可至今我还记得那天拉比说的话。每个人都记住了这篇悼词。“他预定了漆黑却得到了纯白……”拉比开始说道。在《革马拉》[2]里,这讲的是一个预定鸽子的男人的故事,但拉比——愿

1 赎罪日:犹太人一年中最重要的圣日,在新年过后第十天,犹太人在这一天完全不吃、不喝、不工作,并到犹太会堂祈祷,以期赎回他们在过去一年中所犯的或可能犯下的罪过。

2 《革马拉》:犹太教经典。《塔木德》中的一部分,包括对《密西拿》的分析和评论,《密西拿》为《塔木德》的前半部和条文部分。

他安息——让它变成了婚服和裹尸布的意思。甚至他的敌人也为他哀悼。夜里，我们女孩泪湿枕头。芬可，漂亮娇俏的芬可，在极度的悲伤中说不出话来。她母亲不在了，雷布·法里克，也一样，没撑多久就走了。芬可继承了他的全部遗产，但钱又有什么用呢？她不愿听任何人的意见。

突然，我们听说芬可要嫁给皮尔特。这一消息是在某个寒冷的周四夜晚传开的，每个人都感到一阵寒意。“那家伙是个魔鬼！”我母亲喊道，“这种人应该被赶出镇子去。”我们这些小孩都吓呆了。我以前都自己一个人睡，但那天晚上，我和我姐姐一起爬上床。我发烧了。后来，我们得知这事是被一个公认的多事的讨厌鬼撮合的。据说他向皮尔特借了《革马拉》，发现里面夹着一张一百卢布的钞票。皮尔特有个把纸钞藏在书里的习惯。前后两件事是如何关联起来的我就不知道了——那时候我还是个孩子。但又有什么区别？芬可答应了。当上帝想要惩罚一个人时，他就剥夺此人的理性。人们跑去找她，听她承认后他们勃然大怒，试图劝阻她，可她就是不改变主意。婚礼就在五旬节后的安息日举行。会堂前也支起了婚篷，按习俗这是处女出嫁的规矩，但参加婚礼的我们都好像在参加葬礼。我是两排持蜡烛女孩中的一个。那是个夏夜，空气凝滞，当新郎被领着经过时，烛火居然开始闪烁，我怕得瑟瑟发抖。小提琴开始演奏婚礼乐曲，但这是一首哀号，它们发出的不是什么乐音。低音提琴亦悲叹着。我不希望再有谁听到这样的声音。和你说实话，我真不想把这故事讲下去。它也许会让你做噩梦，我感觉自己真讲不了。什么？你还想听。好极了。那你就得把我送回家。今晚我不用一个人走回家了。

2

我说到哪了？对，芬可结婚了。她看起来更像具尸体而不是新娘。伴娘必须搀扶她。谁知道呢？也许她改变主意了。但这是她的错吗？这都是上天的旨意。我曾听说过一个从婚篷下逃跑的新娘。但那不是芬可。她宁愿被活活烧死都不愿让任何人蒙羞。

需要我告诉你这是怎么收场的吗？你自己就不能猜猜看？大概所有以色列的敌人都落得这么个下场。我必须说这次他没有像往常那样耍花招。相反地，他还想方设法安慰她。但他散发出一股阴沉的忧郁。她想让自己每天埋头于家务。年轻的女人经常来拜访她。有段时间她家进出频繁，而她就像个被监禁的女人。她们讲故事，她们织毛线，她们做针线猜谜语，做一切让芬可分散注意力的事。有人甚至暗示也许这桩婚事并不是那么不般配。他富有，还博学。他怎么就不可能像个人似的和她过日子呢？大家估摸着芬可会怀孕生孩子，屈服于命运。这世上不合适的婚姻多了去了！可命运又没有那样安排。芬可流产大出血。他们得从扎莫希奇请来一位医生。他建议她别让自己闲着。芬可再也没怀上过孩子，接着她的麻烦也来了。他折磨她，大家都知道。当人们问她："他对你做了什么？"她只是说："没什么。""他如果没对你做什么，你眼睛周围为什么青一块紫一块的？你为什么整天魂不守舍？"可她只是说："我也不知道我为什么会这样。"

这种情况持续了多久？比任何人想的都长。我们都觉得她坚持不了一年，但她忍受了三年半。她容颜渐衰。亲戚们想送她去洗个热水澡，可她也拒绝了。事已至此，人们只好为她的结局祈祷。人们嘴上不说，但心里清楚她生不如死。她也诅咒自己。在她死前，她请人把拉比叫来写下她的遗愿。她大概想把自己的遗产用于慈善。不然呢？难道留给那个害死她的凶手？但命运再次插足。一个女孩突然大叫起来："着火啦！"每个人都跑着去照看自己的东西，结果根本没什么火。"你为什么要说着火了？"人们问她。于是她解释说并不是她叫的，而是体内的某个东西叫的。然后，芬可香消玉殒，皮尔特继承了她的财产。他现在是镇上最富有的人，但他还为墓碑讨价还价，直到他半价得之。

在那之前他还不叫杀妻者。一个男人两度当了鳏夫——这种事确实发生了。这件事以后他就一直被人叫杀妻者皮尔特了。儿童宗教学校的男孩指着他说："杀妻者皮尔特来啦。"七日服丧过后，拉比派人去叫他。"雷布·皮尔特，"他说，"你现在是托尔平最富有的人。集市上一半商铺都属于你。承蒙上帝的恩典你成了富翁。是时候改变你的为人处世了。你一个人离开集体又能活多久？”但他置若罔闻。你跟他说东，他用西来回敬你：要么就是咬紧嘴唇不说一字——你还不如和墙说。拉比也觉得那是浪费时间，就让他走了。

他沉默了一段时间。他又开始自己烤面包，拾木渣、碎屑和动物粪便作为燃料。大家像躲瘟疫一样地躲着他。他很少去会堂。人人都庆幸不用看到他。周四他会揣着账本走家串户去收债和利息。相关事务他事无巨细都记下来，从不会忘记任何事。假如某个店主说他目前没钱付他，让他改天再来，他绝不离开，就直愣愣地站在那里，用凸凸的眼睛盯着他，直到店主厌倦了，把仅有的几个钱都付给他。其他日子，他就窝在厨房的某处。至少十年就这样过去了，大概十一年，我也记不清。他肯定快六十岁了，或已经六十几了。没人再想着为他提亲。

后来就出事了，这就是我想告诉你的。的的确确，可以写本书呢，不过长话短说。托尔平住着一个人称婊子扎莱特的女人。有人也叫她哥萨克人[1]扎莱特。从她的外号里你就能自己猜到她是个怎样的人了。虽说讲死人闲话不对，但总得实话实说——她是那种最下贱、最卑劣的人。她是个卖鱼的，她丈夫曾是个渔夫。说起她年轻时那点丑事，真令人羞以启齿。她是个荡妇——人人都知道。她还有个杂种。她丈夫曾在济贫院干活。那会儿，

1 哥萨克人生活在东欧大草原，是个游牧民族。

他殴打和抢劫病人。他为什么突然当了渔夫我就不知道了，但知不知道其实没区别。一到周五，他们就常常站在市场里，守着一筐鱼，不管客人买不买，都要诅咒一句。她张口就骂，脏话就像从破麻袋里滚滚而出。如果有人抱怨她缺斤少两，她就会抄起鱼尾巴摔过来。她把不止一个女士的假发从头上扯下来过。一次，有人告她偷东西，她就立马去找拉比。她站在黑蜡烛和用来洗尸的桌台前赌咒发誓她是清白的。她丈夫叫埃珀，一个奇怪的名字，他来自波兰一个偏远地区。他死后，她成了寡妇。她太卑劣了，整场葬礼都在鬼嚎："埃珀，别忘了把所有烦恼都带走。"七日服丧后，她又在集市上卖鱼了。因为她是个泼妇又对人不好，人们就奚落她。一个女人对她说："你不再婚吗，扎莱特？"她回答说："为什么不？我仍然是美味的小甜心。"然而她早就是个老妈子了。"你要嫁给谁？"人们问她，她想了想说："皮尔特。"

女人都以为她在开玩笑，于是哄笑起来。可这不是玩笑，你很快就会听到。

3

有个女人对她说："可他是个杀妻者！"扎莱特回答："如果他是个杀妻者，那我就是更坏的杀夫者。埃珀可不是我第一任丈夫。"谁知道她在他之前有几任丈夫？她不是托尔平本地人——恶魔把她从维斯瓦河[1]对岸的某个地方带来的。没人在意她说的话，但几乎不到一个星期，大家就听说扎莱特可不是在随口胡诌。没人知道是不是她自己差了个媒人过去，还是自己去安排相亲的，可婚礼要举办了。全镇的人都笑了——骗子和恶棍，绝配的一对。大家异口同声："如果芬可还活着，发现是谁顶了她的位置，她准会悲伤而死。"裁缝铺的学徒和做针线活的女人立马就赌他俩谁的寿命更短。学徒说没人能和杀妻者皮尔凑成一对，做针线活的女人据理力争，说扎莱特年轻几岁，但是一旦她张嘴，即使皮尔特也逮不住机会。无论怎样，婚礼举行了。我当时不在场。你知道鳏夫娶寡妇没什么好大惊小怪的。但在场的其他人都乐呵呵的。新娘盛装打扮。周六时，她戴着一顶镶羽毛的帽子去了会堂，坐在女士区。她读不懂字。那个礼拜六，我恰巧带一位新娘去会堂，扎莱特就站在我身旁。她占了芬可的座位。她一直喋喋不休，我都羞耻得不知道该怎么办。你知道她说了什么？她对她丈夫口不择言，"我在他身边他就活不了多久，"她说。反正尽是这种话。一个婊子——毫无疑问。

有段时间没人谈论他们了。毕竟，一整个镇子的人不能总是为这些糟粕事烦扰。接着突然又闹出大风波来。扎莱特雇了个女佣，是个被丈夫抛弃的小个子女人。这个女佣开始讲些骇人听闻的故事。皮尔特和扎莱特开战了——不止他们，就是说，还有他

1　维斯瓦河：波兰最长的河流，流域面积占波兰国土面积的三分之二。发源于贝兹基德山脉，流经克拉科夫、华沙、托伦，最后在格但斯克流入波罗的海。

们的命运。形形色色的事情都有。有一次，扎莱特站在房间中央，枝形吊灯掉了下来，差一点就砸中她。“这个杀妻者又在玩他的鬼把戏，”她说，“我要给他点颜色瞧瞧。”第二天，皮尔特正走在集市上，他脚一滑，掉进了壕沟，差点摔断脖子。每天都有新的事情发生。一次烟囱里的煤灰着了火，整个屋子差点被烧光；还有一次，衣柜檐口掉下来，差点砸中皮尔特的脑袋。每个人都心里清楚，他们其中一个肯定要被弄死了。某本书里写道，每个人都被魔鬼尾随——左边一千只，右边一万只[1]。我们镇上有位教师，某个“被宰的雷布·伊契”——大家都这样称呼他——是个对“那些”事无所不知的大好人。他说这是一起“他们”之间开战的事例。起先，情况相对平静——就是，人们谈论着，但这对不幸的夫妇闭口不言。可最后，扎莱特颤巍巍地跑向拉比。“拉比，”她喊道，“我再也受不了了。你就想想吧：我准备生面团放在食槽里，用个垫子盖上了。我想早点起来烤面包。到了半夜我看见——这个面团在我床上。这是他干的好事，拉比。他决心要了结我。”那时艾塞尔·苔敏拉比，一位真正的圣人，是镇上主事的拉比。他不敢相信自己的耳朵。“一个人为什么要玩这种把戏？”他问。“为什么？你告诉我为什么！”她回答。“拉比，派个人叫他过来，让他自己说。”于是派了个教士去，他带来了皮尔特。理

1 这句话出自《圣经》。

所当然，他否认一切。“她让我臭名昭著，”他喊道，“她盼着我早点死好得到我的钱。她念了个咒语让水都积到地窖里。我下去拿根绳子差点淹死。而且，她还带来鼠疫。”皮尔特发誓说，那天晚上扎莱特在床上吹口哨，她一开始吹口哨，老鼠就从一个个洞里传出吱吱声，窸窸窣窣地冲了出来。他指着眉毛上的一道伤口，说有只老鼠咬了他这里。当拉比意识到他不得不处理眼前这两个人的麻烦事时，他说：“接受我的建议，离婚吧，这对你们两个更好。”“拉比英明。”扎莱特说，“我乐意极了，现在正是时候。不过让他给我一半财产作为安抚费。”“我连一撮鼻烟都不会给你！”皮尔特吼道。“而且，你还得付我钱。”他抓起手杖想打她，被费劲地阻止了。拉比见这事毫无结果，便说：“随你们去吧，让我静静地待在书房。”于是两人离开了。

从那时开始，镇上就没安分过。经过他们家都令人胆战心惊。即使白天，百叶窗都始终紧闭。扎莱特不再卖鱼，他们夫妻俩整天就是争斗。扎莱特是个高大的女人。她常常去地主家的鱼塘帮人撒网。冬天她会在半夜起床，在最严寒的冬天里她也不用火盆。“魔鬼不会带走我，”她会说，“我也一点都不冷。”现在她一下子老了许多。她的脸色发黑，布满七十多岁妇人才有的皱纹。她开始去陌生人家讨主意。一次她来到我母亲这里——愿她安息——并乞求被收留一夜。我母亲看着她，好像看着一个疯子。“怎么了？”她问。“我怕他。”扎莱特说，“他想摆脱我。他在家里兴风作浪。”她说尽管窗子外部用黏土密封，内里又用稻草塞住，狂风仍在她卧室呼啸。她还发誓她的床会从她身下升起，皮尔特在厕所里待了半个晚上——请原谅我的措辞。“他在那儿待这么久干什么？”我母亲问。“他有个情妇在那。”扎莱特说。我恰巧在隐蔽处就听到了这一切。皮尔特肯定与龌龊之人勾搭。我母亲身子一颤。“听我说，扎莱特，”她说，“给他一纸休书，赶紧逃命。就算他们给我和我自己等重的金子，我也不会和这样的人同住在一个屋檐下。”但哥萨克人不会改变主意。“我不会让他就这样摆脱我，”扎莱特说，“让他给我一笔安抚费。”最后，母亲在长凳上给她铺了张床。我们那夜一夜没合眼。黎明前她就起床离开了。母亲再也睡不着，在厨房里点了一株灯芯。“你可知道，”她对我说，“我有预感她绝不会活着逃出他的魔掌。不过，也不是什么大损失。”但扎莱特不是芬可。她不会这么轻易地善罢甘休，你们马上就听到了。

4

她干了什么？我不知道。人们流传各种各样的故事，但你不能什么都信。我们镇有个老农妇，库内贡德。她肯定有一百岁了，也许不止呢。每个人都知道她是个女巫。她的整张脸布满肉瘤，走起路来像四脚爬行。她的茅屋在镇子尽头的沙滩上，里面满是各种各样的动物：兔子、豚鼠、猫和狗，还有各种害虫。鸟从窗间飞进飞出。这地方散发着恶臭。可扎莱特成了常客，经常在那里待上一整天。这个女人知道如何施倒蜡的法术。某个农民病了，就会来找她，于是她就倒一把融化的蜡油，蜡油会凝固成各式古怪的图案来显示病灶——尽管这对治疗几乎没什么益处。

正如我所说，镇上的人说这个库内贡德教了扎莱特一门巫术。反正，皮尔特变了个人，温顺得像块黄油。她想让他把房子转到她名下，于是他就雇了一个马队，去镇里登记转让了。接着她开始插手他的商铺。现在是她每个礼拜四带着账本出来收租了。她要求马上提高租金。店主们哭诉他们连衬衣都要穿不上了，于是她说："这样的话你们可去要饭呀。"镇上开会，叫皮尔特来参加。他虚弱得连路都走不动。他也完全聋了。"我什么都干不了，"他说，"什么东西都归她。如果她想，也可以把我赶出家门。"她本来也是有这样的打算，但他还没把所有东西转让给她。他还在和她讨价还价。邻居们说她一心想要把他饿死。他常常进屋，乞求一片面包。他双手直颤。大家看着扎莱特日渐得逞。有的人还挺高兴的——他对芬可造的孽现在回报了。其他人争辩说扎莱特准会毁了全镇。这么多财产落入这样一个畜生手中可不是小事。她开始又建又挖。她从亚涅夫请来一帮工匠，他们即刻开始测量街道。她头戴假发，用银质梳子梳头，她去哪里都拎着手提袋，撑着遮阳伞，俨然是一位真正的贵妇人。清晨，还没等人家理好床铺，她就闯进别人家，重重敲着桌子吼道："我要把你们和你们的破烂都丢出去。我要把你们都关押在亚涅夫监狱！我要让你们全去要饭！”穷人试图奉承她，可她听都不听。这时人们才意识到希望有个新国王并不是什么明智的事。

一天下午，济贫院的门打开了，皮尔特走了进来，他穿的像个乞丐。负责济贫院的人脸色苍白得像个幽灵。“雷布·皮尔特，”他叫道，“您来这儿有何贵干？”“我要住在这里，”皮尔特回答，“我妻子把我赶了出来。”长话短说吧，皮尔特把他所有的财产都转移给扎莱特了，所有东西，小到一根线，然后她把他赶出来了。“可一个人怎么能做这样的事？”管理员问。“问都别问，”他回答，“她虐待我！我差点就死了。”济贫院一片哗然。有人诅咒皮尔特。“好像富人没有足够食物似的——现在他们来吃穷人的食物了。”他们叫道。另外的人则装出一副同情的样子。总之，皮尔特得到一捆稻草，他把稻草铺在角落里，躺在上面。整个镇子的人都跑来看这奇观。我也去了，出于好奇也跑去看了。他像个哀悼者一样坐在地上，用凸起的眼睛瞪着每个人。人们问他：“你为什么坐在这，雷布·皮尔特？你所有的财产呢？”一开始，他啥都没说，好像他们不是在跟他讲话似的，后来他说：“她还没把我弄死呢。”“那你会怎么对付她？”乞丐们讥讽道。他们把他当成笑柄。但先别急着得出结论。你听过那句老话：笑到最后的才是赢家。

数周来，扎莱特横行霸道。她把整个镇子弄了个底朝天。在集市正中间，店铺边上，她挖了个坑，雇了人在里面拌石灰。运来了木材，堆起了砖块，谁也不能通过。屋顶被拆掉了，一位公证员从亚涅夫赶来，把她所有房客的财产都列了一张清单。扎莱特买了一辆马车和一队烈马，她每天下午都去骑马。她开始穿带尖头的鞋，让头发长长。她也和住在基督教街区的外邦人打交道。她买了两只恶狗，惯常的杀手，因此经过她家也很危险。她不再卖鱼。她还要卖鱼做什么？但出于习惯，必须周围有鱼才过得舒坦，因此她就在家里弄满鱼缸，在里面养鲤鱼和梭鱼。她甚至有个浴盆，里面尽是特里夫鱼[1]、龙虾、青蛙和鳗鱼。镇上传说她说不定哪天就成了叛教者了。有人说在逾越节[2]那天，教士去她家洒了圣水。人们怕她会告发镇里的人——她这样的人什么事都干得出来。

突然，她跑去找拉比。"拉比，"她说，"派人把皮尔特叫来，我想离婚。""你为什么想离婚？"拉比问她，"你想再婚吗？""我不知道，"她说，"也许会也许不会。但我不想当杀妻者的老婆。我愿意给他些补偿。"拉比派人叫来皮尔特，他爬过来了。镇上的每个人都站在拉比的屋外看戏。可怜的皮尔特，他什么都答应了。他的手像患了热病似的战抖着。记录员墨舍拉比坐下起草离婚书。我记得他，好像这事发生在昨天。他是个小个子，还会抽筋。他用小刀裁了纸，然后在小便帽上擦了擦鹅毛笔。目击者被告知如何签署离婚协议。我的丈夫——愿他安息——也是

1　"特里夫鱼"为音译，犹太教不允许吃这类鱼，龙虾、青蛙和鳗鱼也是不允许吃的。

2　逾越节：犹太教节日，纪念以色列人摆脱奴役，逃离埃及。

当时的见证人之一，因为他写得一手好字。扎莱特舒舒服服地坐在椅子上，嘴里吮着糖。嗯，对，我忘了提了，她放下两百卢布。皮尔特一眼认出了他的钱——他有个在钱上做记号的习惯。拉比让大家安静，但扎莱特对女人们吹牛，说她正考虑嫁个“有钱人”，但“只要杀妻者还是我丈夫，我就不确定自己能活多久”。她说这话时还在笑，所以每个门外的人都听见了。

当一切准备就绪，拉比开始问这对夫妻。我还记得他的话。“听着，帕尔提，施奈尔·扎尔曼之子”——这是皮尔特被叫上去读律法书时的名字——“你想跟你的妻子离婚吗？”他还说了些别的，引用了《革马拉》上的话，但我不能像他那样说出来。“说‘是’。”拉比命令皮尔特，“说一次‘是’，别说两次。”皮尔特说“是”。我们几乎都听不到他说话。“听着，扎莱特·戈尔德，犹大·特雷特之女，你想跟你丈夫帕尔提离婚吗？”“是！”扎莱特喊道，她一边说话一边摇晃，摔倒在地昏了过去。这是我亲眼所见，我告诉你的是实话。我感觉自己的脑子都要爆炸了。我以为我也要倒下了。这下人群里发出一阵尖叫，一下就骚动起来。每个人都冲过去把她弄醒。他们往她身上泼水，用针刺她，用醋擦她的身子，扯她的头发。巫医艾泽尔跑了过来，当场为她拔了罐。她一息尚存，但已不是原来的扎莱特了。愿上帝保佑我们。她的嘴唇拧向一边，白沫淌了出来；她的眼球上翻，鼻子发白，看起来像个死人。站在她身边的女人听到她喃喃自语：“这杀妻者！他杀了我！”这是她最后的话语。

葬礼上几乎发生了一场骚乱。现在皮尔特又骑着他的高大骏马了。除了他自己的那份财产，他也继承她的财富。她的珠宝就值一笔不菲的钱。殡葬社想捞一大笔，但皮尔特没同意。他们尖叫，他们要挟，他们辱骂他。他们威胁把他逐出教会。简直就像在和墙说话！“我一分钱都不给，就让她烂了吧。”他说。他们也本想让她躺在那儿，但当时正值夏日，热浪滚滚，人们怕传染病流行。简言之，一些女人还是履行了仪式——还有什么别的办法？抬棺人不愿抬她，所以就雇了辆运货马车。她被埋在篱笆边上，和一堆死胎埋在一起。尽管如此，皮尔特还是为她念了祈祷文——他确实这样做了。

从此以后，杀妻者就一个人过活了。大家很怕他，都避免从他门前经过。怀了孕的年轻姑娘的母亲不许别人提到他的名字，除非她们先系上两条围裙。儿童宗教学校的男孩谈他的名字前都要摸摸刘海。那些建造和重建工程也再无进展。砖头被搬走，石灰被偷。马车和马队也消失了——他一定是把它们卖掉了；浴盆里的水干了，鱼也死光了。屋子里还有个养着鹦鹉的鸟笼，它粗粝地叫着“我饿啦”——它会说意第绪语——直到最后它也饿死了。皮尔特钉紧百叶窗，再也没打开过。他甚至都不出门问那些店家收租了。一整天，他都躺在长凳上打呼噜，要么就干脆打盹。晚上他会出去捡破烂。每周一次，他们从面包铺给他送两个面包，面包师的妻子会给他买些洋葱、大蒜、小萝卜，偶尔还有一块干奶酪。他从不吃肉。他从不在礼拜六去会堂。他的屋子里没有扫帚，灰尘越积越高。老鼠甚至在白天都窜来窜去，蛛网挂满了房梁。屋顶漏水了，他也没再修。墙面腐烂、塌陷。人们传言，每隔几周，这杀妻者的状况就会变差一些，他病了或者快死了。殡葬社摩拳擦掌地期待着。但什么事都没发生。他活得比每个人都长。他寿命这么长，托尔平人都开始觉得也许他会长生不老。为什么不？也许他得到了上帝某种特别的恩赐，或者死亡天使把他给忘了。什么事都可能发生。

放心吧，他没有被死亡天使忘记。可他死的时候我已经不在托尔平了。他肯定有一百岁了，或者更长寿。葬礼后，他的整幢屋子被翻了个底朝天，可并没找到任何值钱的东西。那些保险柜也烂掉了。金银财宝都不翼而飞。微风一吹，钱和钞票就化作了尘埃。所有从垃圾堆里捡来的破烂都作废了。这个杀妻者活得比任何东西都久：他的妻子，他的敌人，他的钱，他的财产，他的同时代人。他死后留下的一切——愿上帝原谅我这么说——不过是一堆尘土。

纪念烛之光*

1

随着天色越来越黑，霜也越积越多。

研习室里，尽管泥炉已经烧起来，霜还是结在窗上，冰柱从窗框上挂下来。仪仗官已熄灭油灯，但两株纪念烛，一长一短，依旧在东墙的灯台上燃烧。短的那株，从前天开始就一直燃烧着，融下的蜡油让烛体又粗又实。据说，从纪念烛中可以一窥它点燃纪念的那些人的命运。烛火闪烁且发出噼啪声时，就是逝者的灵魂没能得到安宁。烛火颤动时，每样东西——书桌腿、天花板椽子、铰链的枝形吊灯，

* 本篇英语由玛莎·格利克利希（Martha Glicklich）、伊莱恩·戈特利布（Elaine Gottlieb）翻译。

甚至雕着狮子和牌匾的藏经柜——好像也会随之震颤。夏天，一只苍蝇或飞蛾，掉进烛心，会使烛火闪动，但冬天没有苍蝇或飞蛾。

几条长凳，围着泥炉的三侧，是供那些流浪的乞丐过夜睡觉的。但今晚，尽管已经过了半夜，他们却还是睡不着。其中有个生着雀斑的矮个子，有一头稻草色的头发，一撮圆形的红胡子和愤怒的眼睛，正用一把小折刀剪着脚趾甲。另一个，胖脸，牛眼，白发卷得像木刨花搭在巨大的脑袋上，正烘着他的包脚布。一个高个子，皮肤黝黑得像烧火工的铲子，正在烤土豆，火红滚烫的煤渣子的光映在他的脸上。一个男的，强壮结实又生着麻子，额头上长着个瘤子，一团胡子像干燥的棉絮，他躺着，一动不动，好像瘫痪了似的，他的眼睛盯着墙上的某处。

大脑袋的男人说话了，他吐字不清，好像他的舌头也偏大。他说："你们怎么辨别一个男人结没结婚？要我说我还是个单身汉，谁能反驳我呢？"

"呃，你是单身汉，那又怎样？"那个红头发回答说。"难道你认为镇里的大人物会把他的女儿嫁给你吗？只要你是个流浪汉，就没女人肯嫁给你，这是注定的。你会一直背着你的要饭袋子到处游荡，就像我，举个例子。我曾是个工匠，一个做马鞍的。我为那些贵族老爷做马鞍。但自我妻子死后，我就无法再干活了。我无法安心啊，只得四处流浪。我成了个乞丐。"

当手指习惯了火焰的温度时，高个儿男把土豆从煤块下面拨弄出来。“有人要尝尝吗？如果我找得到活干，我就会去干活。但现在没人要雕工了。很久以前，什么东西都是雕工做的，珠宝盒，节日里装柑橘的容器，装《以斯帖记》[1]的盒子。我会雕衣柜的檐口、床头板、门上的嵌板。有一次，一个镇子请我去做会堂的藏经柜。整个镇的人都来看我做。我在那儿待了两年。但现在你们都买现成的东西，已经有些装饰在上面。也不是我，而是我父亲——愿他安息——想做个雕工。我家往上头数五代都是雕工。可有什么用呢？这门手艺都快灭绝了。好吧，我就没事干只能乞讨了。”

好一阵子都没人说话。红头发乞丐，剪完了他最后一个指甲，就用一张纸把他剪下的指甲、两块从长凳上刮下来的木片一齐包起来，扔进了火里。这样在清算日，这两块木片就能证明他把指甲扔进垃圾里，没有玷污自己身体的任何部位[2]。接着他看着那个长瘤的乞丐。

“喂，你呢，不管你叫什么名字，那边那个！你怎么会成了乞丐？”

长瘤的男人没作任何回应。

“你怎么了——你是哑巴？”

1 《以斯帖记》指《圣经·以斯帖记》，它讲述了以斯帖——一位美丽的犹太女英雄、波斯帝国的王后的故事。

2 犹太教认为剪下的指甲都是污秽，是很脏的东西。

“我不是哑巴。”

“那你为什么不说话？说句话会怎样？”

“如果一个人不想说，他就不说呗。”

“有句话怎么说，”雕工插了嘴，“他‘惜字如金’。”

红头发乞丐开始借着炉子边缘磨他的小折刀。

“你会待在这里过安息日吗？”

“当然。”

“那么我们可以以后再聊。真冷啊，嗯？屋顶都快裂开了。我听说整个冬天播下的种子都被盖在雪底下。这说明要闹饥荒了。”

“噢，人们什么不会说呀！雪下面一点都不冷。还没等粮食在地里绽裂，地主就会把它们卖了。应该是粮商亏大了。”

“他们亏什么了？收成不好的时候，粮价疯涨，利润就更高了。穷人才总是最难挨的。”

“唉，你想怎么样？不可能人人都有钱，肯定有一部分人要过穷日子。”红头发争辩说。“不过，当然啰，那些注定过穷日子的人值得同情。我不是觉得在工作日挨饿有什么——但如果有个守财奴在安息日给你提供食物，你就倒霉了！如果安息日都没什么吃的，那你一整周都得挨饿。我来的地方，安息日前夜的烧烤是很丰盛的。可这里什么都那么少，连布丁都这样。”

那个头上长瘤子的人突然健谈起来。“不管怎么说，一个人别把自己饿死。你吃多或吃少，就像人们说的，胃会越撑越大。只要我有块面包和一颗洋葱，我就很满足了。”

“人只吃面包和洋葱就走不了多远。”

瘤子男坐了起来。

“你只管抬脚走路就行，其他的就交给两只脚吧。在家时，你想干吗就干吗。但一旦离开了家，你就得不停地走。今天在这个镇子，明天在那个镇子。白天在这里，晚上就到那里。谁来管你？我曾谋得一手好生计。有需要的地方我就做生意。我来自齐夫科夫，在那里是个掘墓人。那儿也许是个小地方，但哪里都有人死。我为那些老人、年轻人掘墓——还有天杀的仪仗官。我们镇有个殡葬社，但社员整周都在村里，问农民买买猪鬃毛做刷子。活全落在我身上。我得清洗尸体和缝裹尸布。我住在公墓对面的小棚房。我妻子病了。有一天，我感觉她很快就要死了。她喝了点汤，然后一切都了结了。这四十年来，我们就像一对鸽子一样一起过日子。突然之间她就卧床不起，死了。我亲手埋了她。人们讨厌掘墓人。可他应该背锅吗？我不想伤害任何人。我反而觉得，人人都能永生。可事实就如此。唉，我自己的妻子死了的时候，我甚至必须把她埋了。”

“尸体，他们说，深夜的时候会在墓地游荡。有人说这个人的鬼魂，那个人的鬼魂，鬼火呀，幽灵呀。可是，掘了三十年坟墓的我可从没见过。我在半夜走入会堂，可从没声音叫我去读书台那边。你死了，什么都完结了。就算有来世，但这尘世的一具尸体不过是一堆血肉和骨头罢了。”

“有时，一个外乡人死在我们镇里时，尸体会在洗尸房里放一夜。那时我还是个守夜人，我会在头颅旁点上两根蜡烛，唱赞美诗。可是，你赞美诗能唱多久？我的眼皮开始垂下来，我得躺在长凳上小睡一会儿。风把蜡烛吹灭，我就得孤零零地和尸体在黑暗里过夜。一次，我忘记带上我那塞了干草的枕头。我不能回家拿，因为下着雨，我也不想吵醒我的妻子，所以，宽恕我这样说，我就用尸体，把他枕在我脑袋下。就像我现在在会堂一样千真万确，这绝不是假话。”

“这可不是每个人都做得出来的。”红头发说。

“要是我的话，我得吓疯了。”大脑袋牛眼乞丐说。

“你不会这么容易发疯的。你怕被宰了的鹅吗？一具人尸就像一只死鹅。你们为什么觉得尸体需要有人看守？只是为了赶老鼠而已。”

“就像我说的，我谋得一手好生计。但我妻子一死，我就很孤独了。我们没有孩子。媒人也曾来给我出过主意，但是你怎么能让一个陌生人取代那和你生活了多年的女人呢？也许其他人会再娶，我不会。我盯着她的墓，一看就是一整天。有一次，媒人往我的小棚屋里带了个女人。她开始扫地。她本该打量打量我，但我一看见她拿起扫帚，就觉得恶心，不得不把她送走了。自打成了个鳏夫，我学会了不削土豆皮煮一锅土豆。我甚至开始在礼拜五早晨烤面包了。可妻子不在，我就没人说话。对，我很孤独，但我有点小积蓄。我甚至还能给穷人发救济品。做点慈善，兄弟们，就是最好不过的事了。”

2

“那你为什么成了流浪汉呢？”红头发问。

“咳，慢慢来。说得太快反而浪费时间。我已经说了，尸体其实没什么好怕的。不过我可以跟你讲个故事。大约五年前，我们县里爆发了一场瘟疫。每年，尤其在秋天，都发瘟疫，导致婴儿病死。他们得了丘疹、麻疹、猩红热和喉头炎，就像苍蝇一样死了。有次我一天就埋了八个孩子。这不是个辛苦的工作。又不需要裹尸布，一件棉衣就够了。你挖个小浅沟——那就行了。洗尸也不怎么吃力。当然，母亲们哭啊哭，可人都死了，就那么回事。可这次，是成年人遭了瘟疫的殃——是霍乱。他们四肢痉挛，用酒精擦拭根本没用。他们会呕吐，伴有腹泻——这是常见症状。甚至巫医都染病死了。他想去扎莫希奇请医生，可半路上痉挛发作，刚到旅馆就死了。是的，死亡天使来收割他的庄稼。

“我一个人就成了个小殡葬社，因为社里其他人都不敢回城里来。和个哑巴一起，我挨家挨户地收死人，然后赶紧把他们运出去，因为大多数人家都住在一个屋里，你不能把死人和病人混在一块儿。

那是段糟透的时间。尸体必须被清洗，还要给他们缝裹尸布，还不能在同一天下葬。洗尸房里摆满了尸体。晚上我会点起蜡烛，坐着为他们念赞美诗。有天晚上，停尸房里有九具尸体，五个男的，四个女的。他们几乎都没盖被单。瘟疫期间，一切都颠倒了个个儿。

“你们知道那些患霍乱而死的人都会做怪相吗？我得把一个一脸笑意的小伙子的下巴绑住。可他还是在笑。有个女的看上去像在尖叫。她活着的时候肯定经常尖叫吧。

“尸体一般都是冰冷冷的，但那些死于霍乱的人还是温热的。你碰一下他们的额头，它们是热的。别的晚上，我常常不知不觉地睡上一会儿，可那晚我一夜没合眼。

“他们说掘墓人没什么怜悯心。真是胡扯。我的心为那些年轻的生命流泪。为什么他们年纪轻轻就这样夭折了？外面下着大雨。尽管是赫舍汪月，外面依旧电闪雷鸣，就像夏天。苍天都在哭泣。我挖的几个墓坑里都涨满了雨水。

“那有个十七岁的姑娘，是鞋匠的女儿，躺在尸体中间，她已经订婚。她的父亲，鞋匠泽利格，还给我补过靴子。他有三个儿子，但他最宠她，因为她是他唯一的女儿。可他们全家都生了病，我不能再把尸体和他们留在一起。带走她前，我还用一根羽毛蹭了蹭她的鼻孔，可羽毛一动不动。在洗尸房里，我用一只麻袋把她盖住。她的脸颊还是红润的，可生了霍乱，就像我告诉你的，尸体的脸色和生前一样。‘天父在上，’我说，‘为什么他们如此凄惨？这么多年

来，做父母的肯定等着孩子们长大，可是，突然间一切都完了。’

“就在我唱着赞美诗时，女孩身上罩着的麻袋好像微微一动。我以为是我的幻觉，尸体不会动的呀。我继续唱赞美诗，那麻袋又动了动。你们大伙儿到现在肯定清楚我不是那么容易被吓到的。可是，当时一阵寒意爬过全身。我说服自己：肯定是只老鼠或者臭鼬在拱麻袋。但就在这时麻袋掉落到地上。尸体抬起头来，我听到她的喘息，‘水，水！’她当时的确这样说。

“现在我知道当时我是多么的傻呀，她还活着。死人是不会口渴的。她一定陷入了人们说的僵硬恍惚状态了。但那时我吓得要命，跑出洗尸房，向人呼救。我跑得飞快，腿都快跑断了。我一直叫啊喊啊，但没人听到我的求救。公墓离镇子很远，大雨倾盆。我喊道：‘以色列啊，你要听！’[1]还有别的事也在我脑中不断浮现。我跑到城郊，敲着百叶窗，可每个人都害怕，不敢打开窗户。他们以为我疯了，我猜想。最后，还是几个屠户和马车夫醒了，提着灯笼，跟在我身后。回公墓的路上，他们一直在取笑我。‘格茨，’他们说——我的名字叫格茨，‘你应该替自己害臊。都是你害怕你才看到了这些。别人听见了准会笑话你。’尽管他们故作强悍，其实他们自己也怕得发抖。

“我们镇里，每逢下雨排沟里都是积水。我们在齐膝深的水里

---

1 这是《圣经》里的一句祷告词，是犹太人早晚祷告的核心。《申命记》6:4 中说：以色列啊，请听！耶和华是我们的上帝，耶和华是独一的上帝！

蹚过去。瘟疫期间，得上感冒可不是什么好事。我们浑身都湿透了。

“我们走进洗尸房时，看见那个女孩张开双臂躺在那儿，身上没盖什么东西。他们摩擦她的皮肤，摇她的身子，朝她吹气，可那会她是真的死了。他们开始嘲笑我，叱责我。屠户终归是屠户。我发誓她当时就盖着麻袋，但她准备坐起来时麻袋掉到了地上，可他们告诉我那只是表象而已。有个人管这叫神迹，另一个则说是幻象，是个梦。上帝才知道是啥。他们把我弄得云里雾里的。可哪来什么时间争执呀，因为大家都得回家了。我把女孩的手脚摆好，盖上麻袋，又开始唱赞美诗。可我现在心惊肉跳的。我的心跳得像在打鼓。我拿过手边的瓶子喝了一小口威士忌，可没什么用。我一边看着赞美诗，一边盯着尸体。这样的事都能发生，那谁能保证其他什么事不会发生呢？风想把蜡烛吹熄。我随身带了个火柴盒，我不想一个人被丢在黑暗里，一刻都不想。早晨来临时，我高兴极了。

“我忘了提了，我们没告诉女孩的父母，因为他们肯定会害怕的。还有，谁知道呢？或许她本来可以被救回来的。但那时已经太晚了。隔天我就准备离开镇子，但你不能在瘟疫肆虐中就这么走了。我不再想一个人看管尸体，于是我雇了个哑巴和我做伴。对，他整晚都在睡觉，但他可是个活人哪。

“那会儿我每挖一个墓坑，每擦一具尸体，这事就萦绕着我。我一直想着那个女孩，想着她坐起来轻声说：‘水，水！’当我睡觉时，她就在我梦中。现在我有各种各样的想法。谁知道呢？也许她不是唯一一个。也许其他尸体也在他们的坟墓里醒来过。我很难过在我妻子死的当天就把她埋了。此前，我从不害怕直视尸体的脸。他们说当你看着一具尸体的脸时，你会忘记你所知道的一切，但我又知道什么呢？什么都不知道！但现在，人们每送进来一具尸体，我都不看。我总觉得这具尸体好像在眨眼，试图想说什么却不能说。与此同时，冬天的风在外头厉声呼啸，就像七巫婆集体自缢。我孤身一人，因为那个哑巴一直不愿待着。可一个人辞职又不那么容易。夜里，躺在床上，我辗转反侧，无法入睡。

“有个晚上，我感觉什么东西在擦我的耳朵，不是外面来的东西，而是屋子里的。我醒来，听到妻子在说话。她轻声说：‘格茨！’我肯定在做梦，死人不会说话。但耳朵很敏感。我能忍受各种疼痛，但挠我耳朵我就受不了。耳朵，你知道，靠近大脑。风已平静下来。现在，伙计们，我要告诉你们一件事。午夜时分，我点了支蜡烛，穿好衣服，往麻袋里装了亚麻布、一件大衣、一个面包，就这样走了，没有告别。镇上还欠了我一个月的工资，但这无所谓。我甚至没去我妻子的墓前告别，虽然我应该去。我丢下了一切，离开了。”

“没带钱吗？”

“我的小包里放了几个卢布。”

“是因为害怕吗？”红胡子乞丐问。

“不是害怕，而是不安。我本想成个商人，但不知咋地我无法将心思放在生意上。一个人过活需要什么？一片面包和一杯水。人们对孤身的人还是蛮慈善的。”

“你的耳朵怎么样了？你妻子还叫你吗？”

“没人叫我了。我在耳朵里塞了棉花。”

“为什么塞棉花？”

“防止感冒。没别的原因。”

乞丐们沉默了。在这寂静中，都能听见煤块在火炉里发出的沙沙声。第一个开口说话的是那个大脑袋乞丐。

“如果这事发生在我头上，我就翘辫子了。”

“要是你注定得活着，你就会活着。”

“也许吧，毕竟，那是你妻子。”雕工说。

“你还也许是卢布林的拉比呢。”掘墓人说。

“她也许是想告诉你些什么。”红头发说。

“她能告诉我什么？我又没有再娶别人。”

那支短纪念烛颤了颤火光，熄灭了。研习室光线愈显昏暗。一股蜡脂和烧完的灯芯的气味从东墙的灯台上飘荡而过。慢悠悠、静悄悄地，这群乞丐躺倒在各自的长凳上。

镜子*

1

有一种网，如玛土撒拉一样悠久，软如蛛网，遍布洞眼，时至今日都依然坚韧。当魔鬼厌倦了追逐过去或躲在风车里打转，就会潜入镜子。在那儿，他就像一只盘踞网中的蜘蛛，飞虫肯定难逃一劫。上帝赋予女人虚荣心，尤其是那些出身富贵、容颜美丽、头脑简单又正值妙龄的女子，她们时间多，朋友少。

我在克拉希尼克村发现这样一个女人。她父亲做木材生意，丈

* 本篇英语由诺伯特·古特曼（Norbert Guterman）翻译。

夫把这些木材运到但泽[1]去。青草在她母亲的坟墓上生长。这女人住在一栋旧房子里，住在橡木家具、皮革衬里的物品箱和丝绸装订的书籍中间。她有两个仆人，老的是个聋子，年轻的跟一个小提琴手厮混。其他克拉希尼克的主妇穿男人的靴子，在石磨上磨荞麦粉，拔羽毛，煮肉汤，生孩子，还要参加葬礼。不用说，齐芮尔，美丽又受过良好的教育——她在克拉科夫长大——和她的小镇邻居没什么话好说。于是她更喜欢读她的德语歌词本，在帆布上绣摩西和西波拉[2]、大卫和拔示巴[3]、亚哈随鲁和以斯帖女王[4]。她丈夫送给她的漂亮衣服都挂在衣柜里。她的珍珠和钻石都躺在她的珠宝盒里。没人曾见过她的丝绸衬裙和她的蕾丝衬裙，也没见过她藏在假发下的红色秀发，甚至连她的丈夫都没见过。哪有机会看到呢？白天肯定见不到了，晚上又昏暗。

但齐芮尔有个被她称为“闺房”的阁楼，那儿挂着一面蓝如冰的镜子。镜子中间有一道裂痕，它装在镶着蝰蛇、绳结、玫瑰的金色镜框里。镜子前面铺着一张熊皮地毯，地毯旁边是一把带有象牙扶手和靠垫的椅子。还有什么比赤裸着身子坐在椅子上、

1 但泽：波兰滨海省的省会城市。

2 西波拉：摩西之妻。

3 大卫：《圣经》中的人物，古以色列之王；拔示巴：大卫之妻，《圣经》中著名的美女，他们的儿子就是著名的所罗门王。

4 亚哈随鲁：《圣经》中的人物，波斯王；以斯帖：波斯帝国的王后。

将脚放在熊毛皮地毯上照镜子更享受的呢？齐芮尔有许多东西要看。她的皮肤白得像缎子，她的乳房丰满得像葡萄酒袋，她的头发垂下来横披过肩，她的腿纤长得宛如雌鹿的腿。她会坐上好几个小时欣赏自己的美丽。门锁上闩好，她会想象它打开时进来一位王子、一位猎人、一位骑士或一位诗人。但一切隐藏的事实都会大白于天下，每个秘密终会被揭露，每段恋情都会遭到背叛，每一件神圣的东西都会被亵渎。天堂与人间共谋合作，让一切好的开端走向坏的结局。

好吧，当我知道有这样一个甜美的可人儿存在时，我便下定决心要把她搞到手。这只需要一点耐心。一个夏日，正当她坐着观赏自己左胸的乳头时，她瞥到了镜中的我——我就在那，黑如柏油，长如铲子，有着驴耳、公羊角、青蛙嘴和山羊胡。我的眼睛没有眼白。她着实吃了一惊，竟忘记了害怕，她没有呼救，“以色列啊，你要听！”反而突然大笑起来。

“我的天，你真丑，”她说。

“我的天，你可真美，”我回答。

她对我的奉承心满意足：“你是谁？”她问。

“别怕，”我说，“我只是个小妖怪，不是魔鬼。我的手指没有指甲，我的嘴里没有牙齿，我的四肢就像甘草，我的角像蜡那样软。我的威力全在我的舌头上，我是个逗人开心的丑角，看你这么孤独，特意来逗你一笑。”

“你之前在哪儿？”

“在卧室炉子后面，那儿蟋蟀聒噪、老鼠出没，在一个干枯的花环和褪色的柳条儿中间。”

“你窝在那儿干吗？”

“看着你呀。”

“什么时候开始的？”

“从你婚礼那夜就开始了。”

“那你吃什么？”

“你的体香，你秀发的光泽，你眼眸的神采，你面容的悲伤。”

“噢，你这个马屁精！”她叫道，“你是谁？你在这儿做什么？从哪儿来的？想干什么？”

我编了个故事。我的父亲，我说，是个金匠，我的母亲是个梦淫妖[1]。他们在地下室一捆腐烂的绳子上交媾，我是他们的杂种。曾几何时，我住在西珥山[2]上的魔鬼界的一个鼹鼠洞里。可后来大家知道我父亲是个人类以后就把我赶了出来。从那时起，我就无家可归了。女妖回避我，因为我让她们想起亚当的儿子，夏娃的女儿在我身上看到了撒旦。狗朝我吠叫，孩子看见我就哭泣。他

1 一种女性恶魔，通常化作妇女形象进入男人的梦中，引诱男人与其交媾。

2 西珥山：《圣经》中的地点，是以扫住的地方，以扫娶了外邦人为妻，是神不喜悦的，因此神惩罚以东，主耶和华如此说：“我必使西珥山满有被杀的人。被刀杀的，必倒在你的小山和山谷，并一切的溪水中。”“西珥山哪，你和以东全地必都荒凉，你们就知道我是耶和华。”

们为什么怕我？我没伤害任何人。我唯一的心愿就是看漂亮女人——看她们并和她们说话。

“为什么要说话？美女有时候可不聪明。”

“天堂里，智慧是美丽的垫脚石。”

“我的老师可不是这样教我的。”

“你们的老师懂什么？著书人都有跳蚤的脑子，他们只是互相鹦鹉学舌。你想知道什么的时候，就来问我呗。智慧到第一层天[1]就上不去了。从那开始，全都是欲望。你难道不知道天使都没脑子吗？炽天使就像小孩在沙地里玩，智天使不会数数，阿拉林[2]在荣耀之座[3]前嚼食。上帝本尊很快活。他有时候拉海怪的尾巴，被野牛舔，要么他就调戏舍姬娜[4]，搞得她每天都下无数个蛋，每个蛋都是星星。”

“现在我知道你在拿我开玩笑了。”

“如果我没说真话，就让我的鼻头上长出一块鹰嘴突。我已经好久不说谎了，除了告诉你事实外，我别无选择。”

“你能生孩子吗？”

---

1 第一层天：据说天堂一共七层，第七层即七重天；在七重天，神的御座设立于此，诸天使环绕飞行，为充满荣光的所在。

2 阿拉林：居住于比那的天使；比那，位于犹太教神秘主义体系的生命树的第二位。

3 荣耀之座：即上帝之座，是上帝的统治中心。圣书上说它位于七重天之外。

4 舍姬娜：代表神在场时的女性属性，有时也被认为是神的伴侣。和莉莉丝一样，舍姬娜并不出于宗教神学中，而是出于犹太教的拉比文学之中。

“不能，亲爱的。就像头骡子似的，我是枚独苗。但是这也不妨碍我追求欲望[1]；我只对结过婚的女人有兴趣，因为‘善行即罪孽，祝祷即亵渎；吾以世间之恶为食，以傲慢为酒；骄矜狂妄之心润胰脂于吾骨上’。除了说些闲话以外，我就只能干干这事。”

这引得她咯咯发笑。接着她说：“我母亲把我带大，可不是让我做魔鬼的婊子。你滚蛋吧，否则我就要驱邪啦。”

“不叨扰你了，”我说，“我这就走。我不会强迫任何人。再会。”

我像阵烟雾般隐去了。

2

接下来七天，齐芮尔没再光顾她的闺房。我在镜子里打瞌睡。网已铺开，受害者已准备好。我知道她很好奇。打了个哈欠，我考虑下一步的计划。要么去引诱一个拉比的女儿？夺走一个新郎的阳刚之气？把会堂的烟囱给堵上？把安息日的葡萄酒变成醋？让一个处女长出毛？在新年时钻进羊角？让一个领唱员嗓子变哑？一个小妖怪从不缺事干，尤其是在赎罪日那天，那时连水中的鱼都颤个不停。接着，正当我梦见月亮果汁和火鸡种子的时候，

---

1 犹太教认为，不结婚的人生是不完整的。“不结婚的人生活中没有快乐，没有幸福，没有好事。”

她进房来了。她在找我，但看不见我。她站在镜子前，但我没有现身。

“我肯定是遇到幻觉了，”她喃喃自语，“那肯定是场白日梦。”

她脱下睡袍赤裸地站在那里。我知道她丈夫在镇上，虽然她没去洁净礼，但他头天晚上还和她在一起——可就像法典所说，“女人宁可有一分放荡，也不愿有十分端庄。”齐芮尔，罗兹·格里克之女，她想我，她眼神悲伤。她是我的、我的，我想。死亡天使已拿着杆子站好，一个热心的小鬼正忙着准备她地狱用的大锅；一个罪人，刚升为烧火工，已采集好引火柴。一切都已准备就绪——雪堆、烧炭、拔舌钩和夹她乳房的火钳，老鼠会吃了她的肺脏，害虫会咬她的膀胱。但我的小可爱没有起疑。她轻抚她的左胸，接着是右胸。她看着自己的肚子，端详她的大腿，审视她的脚趾。她会看书？剪指甲？梳头？她的丈夫从伦茨切卡[1]给她带回香水，她散发着玫瑰和康乃馨的香味。他送了她一条珊瑚项链，正挂在脖间。可没有蛇的夏娃是什么样的？没有路西法的上帝又是什么样？齐芮尔充满欲望。她用双眼召唤我时，就像个婊子。用战抖的嘴唇，她念出了咒语：

急速乃狂风，

1　伦茨切卡：波兰中部城市。

深沉壕沟里，
光滑的黑猫，
触手可及。
强壮乃雄狮，
麻木的游鱼，
从沉默中来，
拿走你的食物。

当她念完最后一字，我出现了，她容光焕发。

“你在这儿呢。”

“我走了，”我说，“但又回来了。”

“你去哪儿了？”

“去了永无乡，住在雷哈布妓女[1]的、带着金鸟的花园的宫殿里，就在阿斯蒙蒂斯[2]的城堡边上。”

“那么远？”

“如果你不信，小宝贝，和我去看看。骑上我的背，握住我的角，我会张开翅膀，一起飞去那山峰以外的地方。”

“我还没穿衣服呢。”

---

1 雷哈布妓女：根据《约书亚之书》，雷哈布是一个居住于耶利哥城（现巴勒斯坦杰里哥）的妓女，她背叛了她的族人，帮以色列人拿下了这座城市。

2 阿斯蒙蒂斯：恶魔之王，地狱七君主之一，掌管“淫欲”。

“那儿可没人穿衣服。”

“我丈夫不知道我去哪儿了。”

“他很快就会知道的。”

“过去要多久呢？”

“不到一秒。”

“那我什么时候回来？”

“去了那儿的人都不想回来。”

“我在那儿做什么呢？”

“你可以坐在阿斯蒙蒂斯的膝盖上，把他的胡子编成辫子；你可以吃杏仁，饮美酒；晚上还能为他跳舞。铃铛会系在你的脚踝上，妖魔鬼怪们都会与你旋转起舞。”

“这之后呢？”

“如果我的主人对你很满意，你就会成了他的人。如果他不喜欢，他的某位宠臣也会照顾你。”

“那早晨做什么？”

“那儿可没有早晨。”

“你会和我一块儿在那边吗？”

“可能他们会看在你的面子上赏我一块骨头舔舔。”

“可怜的小魔鬼，我对你感到抱歉，但我不能去。我还有丈夫和父亲呢，有金银财宝和丝绸皮草，我的鞋跟在克拉希尼克可是最高的。”

“好吧，那，再见了。”

“别那么快就走嘛。我要做点什么呢？”

“现在你学聪明了。去用最白的面粉做个面团。加些蜂蜜、经血、一个带血斑的鸡蛋、一点猪油、些许板油、一小杯葡萄酒。在安息日生把火，在碳上烤这面团。然后把你丈夫叫到床边让他吃你烤好的蛋糕。用你的谎言唤醒他，让他在渎神中入睡。他开始打呼噜时，剪掉他一半的胡子和鬓发，偷走他的金子，烧了他的本票，撕碎你俩的婚书。这之后，就把你的珠宝扔到屠户家的窗户底下——这就成了我的订婚礼物。在离开家之前，你把祈祷书扔进垃圾堆，吐口痰在门柱圣卷[1]上，必须吐在写着神的这个词上。然后就直接来找我。我会载着你离开克拉希尼克到沙漠去。我们会飞过长满毒蕈的土地，飞过狼人栖居的树林，飞过蛇当学者、鬣狗当歌手、乌鸦做讲道师、窃贼被委托把钱捐给慈善机构的索多玛[2]废墟，在这些地方丑即是美，欺诈便是正直，受折磨是种消遣，嘲弄他人是至高的赞美。但你得快些，因为我们的永恒稍纵即逝。”

“我害怕，小妖怪，我害怕。”

“跟我们走的每个人都这样。”

---

1 门柱圣卷：刻着特定希伯来经文的羊皮纸，放在一个装饰盒子里；有的人认为，犹太法律要求每户人家门口都要放一个。

2 索多玛：依《圣经》记载，索多玛是一个耽溺男色而淫乱的罪恶之城，被上帝毁灭。

她还想提问，想跟我辩驳，但我很快就溜走了。她的嘴唇按到了镜面，碰到了我的尾巴尖。

3

她父亲哭了；她丈夫扯着头发；她仆人在柴房和地下室找她；她婆婆拿着铲子在烟囱里戳；马车夫和屠户在树林里找她。夜里，人们点起火把，呼唤声此起彼伏："齐芮尔，你在哪儿，齐芮尔！齐芮尔！"有人怀疑她逃去了女修道院，但神父对十字架发誓她没有来过。有个能人异士被找来了，接着一个女巫，一个做蜡像的异教老太婆，最后还有个用黑镜子寻找亡灵和失踪人员的男巫，一个农民还把他的猎犬借给他们。但是，当我一旦得到猎物，谁都不能抢回去。我张开双翼，带着她逃跑了。齐芮尔对我说话，可我没有回答。我们到索多玛后，我在罗得妻子[1]的头上盘旋了一会儿。三头牛正舔着她的鼻子。罗得和女儿们躺在洞里，和往常一样喝得酊酩大醉。

在被称为世界的阴影之谷中，一切都在变化。但对我们来说，时间是静止的！亚当还是一丝不挂，贪婪的夏娃，还保持着被蛇

1 罗得妻子：《圣经》中的人物，天使告诉罗得一家，上帝耶和华打算毁灭索多玛，并嘱咐他们一家立即离开逃往琐珥。天使叮嘱他们往山上跑，更不可以在逃命时停留站住及回头看，但罗得的妻子在逃命时回头一看，立即变作了一根盐柱。

引诱时的样子。该隐杀死亚伯[1]，跳蚤和大象还在一起，洪水从天堂倾注而下[2]，犹太人在埃及饱受奴役[3]，约伯在擦拭自己遍体鳞伤的身体。他会一直是这副模样，直到世界末日，否则他就找不到安宁。

她想和我说话，但我双翅一振就消失了。我已经完成了我的差事。我躺在陡峭的悬崖上，像一只眨着失明眼睛的蝙蝠。大地呈现土色，天空昏黄。魔鬼站成一个圆圈，摇动着尾巴。两只乌龟蜷伏在一起，一块雄石骑在一块雌石上。沙布里里和巴里里[4]现身了。沙布里里变作一个乡坤。他戴了顶尖头帽，佩了把弧形的剑；他有一对鹅腿和一把山羊胡。他的长鼻子上架了副眼镜，他说起话来带点德语腔。巴里里能同时化身为猩猩、鹦鹉、老鼠、蝙蝠。沙布里里深深地鞠了个躬，开始像个婚礼上的小丑般唱起歌来：

荒芜苍凉、不毛之地，
发生一笔好交易。
一只可爱小松鼠，

1　亚伯和该隐都是亚当和夏娃之子，因为神满意亚伯的供物而不满意该隐的，遂让该隐杀死了亚伯。

2　根据《圣经·创世记》，创造世界万物的上帝耶和华见到地上充满败坏、强暴和不法的邪恶行为，于是计划用洪水消灭恶人。

3　指在摩西带领以色列人离开埃及之前，以色列人在埃及为奴。

4　沙布里里、巴里里及后文的拿玛、玛修拉其，都是妖怪的名字。

名叫齐芮尔。

打开门，

以不洁爱惜。

他正想用手臂把她掳走，这时巴里里尖叫起来："别让他碰你。他脑袋长藓，腿上生疮，他也没有满足女人的那根玩意儿。他表现得像个棒极了的情人，但一只阉鸡还比他多情好色。他爹也和他一个德性，还有他爷爷。让我当你的恋人吧，我是谎言之王的孙子。而且我家财万贯，出身名门。我祖母是玛修拉其的女官，拿玛之女。我母亲备受荣膺，为阿斯蒙蒂斯沐足。我父亲——愿他在地狱安息——是为撒旦拿鼻烟盒的。"

沙布里里和巴里里抓住齐芮尔的头发，每次用力都扯下来一缕。现在，齐芮尔明白自己的处境，她大叫："可怜可怜我吧！"

"我们这里来了个什么玩意儿？"开特里尼问。

"一只克拉希尼克的小淫猫。"

"他们难道没有比这更好的货色了吗？"

"没了，这是他们那群人中最漂亮的。"

"是谁把她拖进来的？"

"一个小妖怪。"

"开始干吧。"

"救命啊，救命！"齐芮尔哭诉。

“把她吊起来。”华尔士[1]，暴怒之子，叫道，“在这里哭也没用。时间和变化都已被抛之脑后。按我们说的做，你既不年轻也不年老。”

齐芮尔大声悲号起来。这声音惊醒了睡着的莉莉丝。她一把推开阿斯蒙蒂斯的胡子，从洞里探出脑袋。她的每一根发丝，都是一条弯曲的蛇。

“这婊子在这嚎什么呢？”她问，“为什么一直嚷嚷？”

“他们在搞她呢。”

“就这样吗？那加点盐。”

“把肥肉给弄干净。”

这样的取乐方式已经持续了一千年，但这帮黑心的魔鬼从未厌倦。每个魔鬼都有份，每个小鬼都说他的俏皮话取乐。他们又拉又撕，又咬又掐。尽管如此，雄妖怪倒不是显得那么坏，雌妖怪才真的纵情享受，她们发号施令：就用手把浮在肉汤上的泡沫撇掉！别用手指扎辫子！不准用水洗衣服！在热砂里捉鱼！一边在家待着，一边在街上走！去洗澡，但不能把自己弄湿！从石头里提炼黄油！打破酒桶，但不能让酒洒出来！自始至终，那些天堂里的圣洁女子说着闲话，虔敬的男子坐在金椅子上，一边用海怪肉填充肚子，一边大吹特吹自己的善行。

1　华尔士，即暴怒（Wrath）。

那儿有上帝吗？他是否心怀慈悲？齐芮尔会得到拯救吗？他的造物蛇一开始就是带着邪恶爬行的吗？我又怎么辨别？我仍旧只是个低级的小妖怪。小妖怪很少能得到晋升。与此同时，世代交替，时间更迭，齐芮尔跟着齐芮尔，在这无数的反射之中——无数的镜面之中。

小鞋匠*

1

鞋匠们及他们的家谱树

小鞋匠家族声名远扬。

不仅在弗兰波尔，还有边远地区——在亚涅夫、克雷舍夫、毕尔格雷[1]，甚至扎莫希奇。阿巴·舒斯特，家族创始者，在科密尼

---

* 本篇英语由艾萨克·罗森菲尔得（Isaac Rosenfeld）翻译。

1 克雷舍夫为波兰东南部的一个村庄；毕尔格雷为波兰东南部一个镇。

兹基大屠杀[1]后不久出现在弗兰波尔。他为自己在屠户家畜栏后的一座矮坡上弄了块地，在那儿他盖了栋房子，直到前不久那栋房子都还矗立着。并不是说这栋房子的条件有多好——石基仍在，小窗变形，用木瓦盖的屋顶透着苔绿，挂着燕子窝。屋门也陷进地里，栏杆弯着腿，想要进屋的人不是登上门槛，而是必须走下去。尽管如此，它的确在此前发生的无数次毁灭弗兰波尔的大火中幸存下来。可椽子已十分腐朽，上面都长出了蘑菇。当需要木灰来止住割礼流的血时，人们只须从外墙上剥下一点墙皮，用手指揉搓即可。屋顶倾斜得厉害，扫烟囱的工人爬不上去清扫烟囱，总是因一些小火星起火。承蒙上帝恩典，这栋房子没有被灾难压垮。

阿巴·舒斯特的名字，印在羊皮纸卷上，载入弗兰波尔犹太社区的历史中。他每年通常做六双鞋子分发给寡妇和孤儿。为褒奖他的善行，会堂让他以尊贵的头衔穆热努——意为“我们的导师”——宣读律法书。

他在旧公墓里的墓碑已消失不见，但鞋匠们都知道墓碑的记号——附近长着一棵榛树。据老妇人们说，这棵树是从雷布·阿巴的胡须长出来的。

雷布·阿巴有五个儿子。其中四个都落户在邻近城镇，只有

1　科密尼兹基大屠杀：1648 年，乌克兰裔的哥萨克骑兵科密尼兹基带领屠杀了超过 10 万名的波兰裔犹太人。

盖泽尔留在弗兰波尔。他继续他父亲的慈善事业，为穷人做鞋子，他还和掘墓人非常要好。

编年史还记载，盖泽尔有个儿子，戈德尔；戈德尔生下了特雷特尔；而特雷特尔，生下吉姆佩尔。鞋匠的手艺一代代流传下来。家族很快立了一条规矩，要求长子留在家中，继承父亲的手艺。

鞋匠们各个相似。他们都是矮个子、沙色头发、待人温和、诚实守信的手艺人。弗兰波尔人认为这支家族的祖先雷布·阿巴曾跟着布罗迪的一位工匠师傅学手艺，是这位师傅向他传授了加固皮革和让皮革变得坚实耐用的秘诀。在他们家的地下室里，小鞋匠们有一口浸泡鞋革的大缸。上帝才知道他们在鞣制液里加了什么奇怪的化学品。他们没有向外人公开过，秘方只由父亲传给儿子。

我们无须知道小鞋匠家族的所有系代，我们只须集中在最后三代。雷布·利普活到老一直无嗣无后，大家都确信这个家族会在他这代断绝。可是，当他快七十岁时，他妻子过世，他就娶了个老处女，她是个挤奶工，给他生了六个孩子。长子费维尔，生活蛮富裕。他办事得力，参政议政，多年来担任裁缝行业委会司事。依据惯例，每到西姆查斯日[1]，此委会就会推选一位新司事。入选者头戴一只南瓜以表荣光，南瓜上还插着点燃的蜡烛，这位幸运鬼就会被领着挨家挨户地游行，每次停留时还会得到葡萄酒、

1 西姆查斯日：犹太教节日。标志着在公共朗读律法书的旧一轮周期结束，新一轮周期将开始。

点心和蜂蜜蛋糕这些赠礼。然而，恰恰在西姆查斯日那天，即为律法欢欣鼓舞的日子，雷布·费维尔在尽职尽责地履行职责时死了，他在集市上倒下，再也无法苏醒复活。由于费维尔始终是个有名望的慈善家，主持他丧仪的拉比宣布他头顶上的蜡烛会照亮他赴天堂的道路。在他保险箱里找到了他的遗愿，此遗愿要求，当他被抬去墓地时，要在盖棺材的黑布上放一把榔头、一把锥子和一个鞋楦，以表示他是个坚守本行、从不欺骗顾客的人。人们依他的遗愿行事。

费维尔的长子叫阿巴，以祖先命名。如同他家族的其他鞋匠，他矮墩又结实，有一撮宽宽的黄胡子，一个只有拉比和鞋匠才有的布满皱纹的高额头。他的眼睛也是黄色的，人们对他的总体印象就是一只愤怒的母鸡。然而，他是个聪明的手艺人，和他的祖上一样乐善好施，在弗兰波尔是绝对言出必行。他从不许诺，除非他确定自己能践行。他不确定时就说：谁知道呢，天从人愿或也许吧。而且，他还是个小有学问的人。每天他都读上一章意第绪语的法典，在空闲时间也读小册子。阿巴从不错过来镇里的行方传道士的布道，他尤其喜欢冬季里在会堂读《圣经》宗卷。当他的妻子珀莎在安息日为他读自意第绪语翻译的《创世记》，他会把自己想象成诺亚，他的儿子们是闪、含和雅弗[1]。要不

1 诺亚：《圣经》人物，上帝即将以洪水淹没世界，命其造座方舟，带领其一家、飞禽走兽避难；闪、含和雅弗是诺亚的儿子。

然他会把自己视为亚伯拉罕、以撒或雅各[1]。他经常想，如果全能的主要昭示他献出他的长子吉姆佩尔，他就会起个大早毫不犹豫地执行他的旨意[2]。他当然会离开波兰和他出生的家乡，云游四方，奔赴上帝遣送他去的地方。他对约瑟和他兄弟之间的故事烂熟于心，可他依然反复阅读，从未感到厌倦。他羡慕这些先人，因为宇宙之主在他们面前现身，为了他们展现神迹，可他安慰自己，想到从他——阿巴——到他的圣祖那儿有一条连绵不绝的血脉相承——仿佛他也是《圣经》的一部分。他是雅各后代，他和他的儿子都是多如沙、繁似星的后裔。他之所以流亡在外，是因为圣地的犹太人犯了罪，但他等待着救赎，而时机一到，他就会做好准备。

阿巴是弗兰波尔手艺最好的鞋匠。他的靴子总是尺寸刚好，不大不小。有冻疮、鸡眼和静脉曲张的顾客尤其满意他的手艺，都说他的鞋减轻了疼痛。他鄙弃新款鞋，粗制滥造的、带着夸张鞋跟和粗糙针脚的靴子和拖鞋，这种鞋一碰到下雨就散架。他的客人都是弗兰波尔有名望的当地人和周围农村来的农民，他们也

---

1 亚伯拉罕：《圣经》人物，先知；以撒：亚伯拉罕和妻子撒拉的儿子，是上帝应许给亚伯拉罕的后裔，犹太人的列祖；雅各：以撒之子，传奇人物。神赐名以色列，他的后裔被称为以色列人。

2 该典故出自《圣经》：一天，耶和华为考验亚伯拉罕的信心，命他将爱子以撒作为牺牲献给耶和华，就当亚伯拉罕做好一切准备时，神又收回了成命，他知道亚伯拉罕为虔诚的了。

值得穿最好的鞋子。他一如既往地用一根打结的绳子为他们量尺寸。弗兰波尔妇女大多戴假发，但他的妻子珀莎头上还戴着顶女帽。她为他生了七个儿子，他用祖先的名字为他们起名——吉姆佩尔、盖泽尔、特雷特尔、戈德尔、费维尔、利普和加纳尼亚。他们都是矮个头，和他们父亲一样的沙色头发。阿巴说，他要把他们都培养成鞋匠，作为一个言出必行的人，在他们很小的时候，他就让他们观摩工作台，有时还教他们一句古老的格言——一门好手艺永远不过时。

他每天在工作台上花十六个小时，一张麻袋铺在他的膝盖上，用锥子打孔，用金属针缝线，为皮革染色、抛光，或用一块玻璃打磨。他干活时，会哼几段赎罪日的圣歌。猫儿一般窝在附近，看着整个过程，好像它在照顾他似的。它的母亲和祖母在生前也为小鞋匠家捉老鼠。透过窗户，阿巴往土坡下望去，能看见镇子的全貌，以及镇子外很远的一段距离，直至那通向毕尔格雷的大路和松树林。他观察每天早晨聚集在屠户家的几个主妇，从会堂院子里进进出出的年轻人和懒汉，去水泵打煮茶水的女孩和夕阳中匆匆前往洁净礼的女人。

晚间，当落日正缓缓下沉，屋子蒙上一层昏暗的光。光线在角落起舞，从天花板间闪烁漫移，阿巴的胡子闪着旋转的金色光芒。阿巴的妻子珀莎正在厨房里煮荞麦粥和汤，孩子们则在玩耍，附近的女人和女孩会进出屋子。阿巴停下活儿，站起身，洗把手，穿上长大衣，去会堂做晚祷。他知道这广阔的世界里满是各种各样的陌生城市和遥远的国度，弗兰波尔不比一本小祈祷书上的小点大多少。不过，在他看来，他居住的小镇就是宇宙的肚脐，他家的房子就伫立在正中央。他经常想，当救世主前来引导犹太人前往以色列时，他，阿巴，应该还会留在弗兰波尔，待在他自己的房子里，在他自己的山坡上。只有在安息日和新年，他才会步上青云，飞往耶路撒冷。

2

阿巴和他的七个儿子

由于吉姆佩尔是长子，因此注定要承继父业，他得到了阿巴最多的关注。他送他去最好的希伯来语老师身边学习，甚至雇了一位教意第绪语、波兰语、俄语和数学的家庭教师。阿巴亲自领孩子到地窖，给他看在鞣制液中添加化学物质和各种树皮的配方。他告诉儿子，右脚往往比左脚大，而鞋子不合脚通常是大脚趾的缘故。他教吉姆佩尔剪鞋底和内底、短趾和尖头鞋、高跟鞋和低腰鞋的原理，并教他如何满足平脚、脚趾囊肿、脚趾弯曲和脚上多茧的顾客的需求。

礼拜五这天，总是有很多活儿得赶出来，几位大一些的男孩就会在上午十点离开儿童宗教学校，来店里帮父亲的忙。珀莎烤了麻花面包，为他们准备中饭。她会一把抓起新鲜出炉的第一片热腾腾的面包，一边吹气，一边来来回回地在双手间倒腾，拿着它向阿巴展示。她举着面包，前前后后，直到阿巴点头称道。接着，她会拿着一个长柄勺回来，让他尝尝她做的鱼汤，或叫他吃一口刚出炉的蛋糕。珀莎很看重阿巴的评价。她去给自己或孩子买布料时，都会带些布样回家让阿巴挑选。甚至在去肉铺前，她都会询问他的意见——该买些什么，胸脯肉还是烤肉，肚腩还是肋排？她之所以征询丈夫的意见，并不是出于害怕或没有主见，只是因为她知道他总是明白自己在说什么。甚至她确定他错了时，事情的发展还是会证明他对了。他从不对她横眉竖眼，仅一个眼神就能让她知道她是在犯傻。他也是这样管教孩子的。虽然墙上挂了根皮带，但他很少用它。他有自己和蔼亲切的方式。就连陌生人都尊敬他。商人平价出售给他兽皮，他想要赊账，也没人有异议。顾客对他信赖有加，付钱时从不讨价还价。他总是第六个被请上台颂读法典——这是莫大的荣耀。他抵押物品或缴纳税款，根本不需提醒——安息日一过，他就还清债款。镇上的人很快就了解了他的美德，虽然他不是什么大人物，只是个普普通通的鞋匠，说句实话，是个没什么文化的人，他们却像对待贵人一般对待他。

吉姆佩尔十三岁时，阿巴给儿子系上围裙，让他在制鞋台旁干活。吉姆佩尔之后，盖泽尔、特雷特尔、戈德尔和费维尔也都成了学徒。尽管他们都是他的儿子，由他出资供养他们，但他还是给他们付工钱。两个小弟弟，利普和加纳尼亚，虽然还在上小学，也会在锤鞋钉时搭把手。阿巴和珀莎颇以他们为傲。早晨，六位小鞋匠齐刷刷地走进厨房吃早饭，念着洗手祷词，洗干净六双手，六张嘴咀嚼着烤燕麦片和玉米面包。

阿巴喜欢把两个最小的儿子一一放在膝盖上，给他们唱起一首弗兰波尔的老歌：

从前有个妈妈，
生了十个娃娃，
噢，主哟，十个娃娃！

老大名叫阿福勒梅尔，
老二名叫伯雷尔，
老三名叫吉姆佩尔，
老四名叫多维德尔，
老五名叫赫舍尔……

此时，所有孩子齐声高唱：

噢，主哟，赫舍尔！

有了学徒，阿巴活儿多了，收入也增加了。弗兰波尔的生活开销很低，农民还经常送他一些礼物，一份玉米或一卷黄油，一袋土豆或一罐蜂蜜，一只鸡或一只鹅，这样他在吃的上面就能省下一些钱。家里逐渐富裕后，珀莎开始提重建房子的事儿。房间太狭窄，房顶太低，脚下的地板摇摇晃晃。墙皮剥落，各种蛾虫在木头里爬行。他们老是害怕天花板会砸到他们头上。尽管他们养了一只猫，但老鼠还是大量出没。珀莎坚持要拆了这破屋，重新造个大房子。

阿巴没有立即反对。他告诉妻子，让他想一想。考虑过后，他说他宁愿保留房子原貌。首先，他怕拆房也许会招来厄运；其次，他害怕恶意的眼睛——人们已经怀恨和妒忌了；最后，他发现自己很难跟这座房子告别，他父母、他祖父母，以及祖祖辈辈都在这里生，都在这里死。他熟悉这栋房子的每个角落、每道裂缝和褶皱。一层油漆从墙上剥落，另一层油漆，带着不同颜色，就露了出来。这层后面，还隐藏着另一层。这些墙壁就像记录着家族财富的相册本。阁楼堆满了世世代代传下来的东西——桌椅板凳、锅碗瓢盆、衣物床品、制鞋台和鞋楦、磨石和工具刀、盐板、摇篮。整袋整袋的破旧祈祷书散落在地上。

阿巴喜欢在炎热的夏天爬上阁楼。蜘蛛织出大网，阳光穿过裂缝，落在彩虹般的蛛线上。一切都笼罩着一层厚厚的灰尘。当他倾注神思、侧耳细听时，一阵呢喃和温和的摩擦声传入耳中，就像什么看不见的生物永无休止地活动，以一种神秘的语言交谈。他深信他祖辈的灵魂依旧注视着这座房子。他也以相同的方式爱着它所在的土地。这里，野草长得与人齐高，四下长满了多毛和带刺的植被——这种树叶和树枝就像生了牙齿和爪子一般，会勾住人的衣服。蚊蝇云集在空中，地上匍匐着各种虫蛇。蚂蚁在这片灌木间筑起土堡，田鼠在挖洞。一棵梨树生长在旷野里。每年，到住棚节的时候，它会结出小小的果实，散发出树木的气味与紧实感。鸟儿和蜜蜂飞过丛林，巨大的金腹蝇飞舞着。每场雨后都会冒出伞菌。这片土地无人看管，但一只无形之手在保护它的肥沃。

当阿巴站在这里，仰头望着夏日的天空，迷失在对云朵的沉思中，云朵像帆船，像成群的绵羊，像扫帚，像象群，他就感觉到上帝的存在，他的恩赐和慈悲。他能真切地看到全能的主坐在他的荣光之座上，大地正做着他的搁脚凳。撒旦不见了，天使高歌着赞美诗。记录着人类所有善恶举止的《纪念之书》敞开着。有时，在日落时，阿巴甚至觉得他看到了冥界的火焰之河。火焰从燃烧的煤块中跳出来，一阵火浪扬起，淹没了港口。他仔细听时，他确信他听见了罪人低沉的叫喊声和魔鬼嘲弄的笑声。

不，这对阿巴·舒斯特已经足够好了。没什么需要改变。就让一切都保持原状，直到他活尽被分配的时间，被埋在墓地、他的祖先中间，他们曾为这个神圣的社区制鞋，他们的好名声不仅在弗兰波尔，而且在周围地区。

3

吉姆佩尔移居美洲

有句谚语说：谋事在人，成事在天。

正当阿巴在做靴子时，他的长子吉姆佩尔来到了店里。他雀斑点点的脸蛋上神情激动，无檐帽下的沙色头发蓬乱。

他没和往常一样在工作台前坐下来，而是站在父亲的身边，犹豫地看着他，最后，他说："爸，我必须跟你说件事。"

"好，那就说呗，我又没拦着你。"阿巴回答说。

"爸，"他大声叫道，"我想去美国。"

阿巴停下手中的活计。这是他最不想听到的事。他扬起眉毛。

"怎么回事？你去打劫了？你打架了吗？"

"没，爸。"

"那你为什么要逃呀？

"在弗兰波尔待着没什么前途。"

"怎么会呢，你已经会一门手艺了。上帝保佑，你有一天会娶上个姑娘，这些都够有盼头了。"

“我受够了这个小镇，我讨厌这儿的人。这生活和一潭臭烘烘的泥潭没什么两样。”

“等他们抽干水了，”阿巴说，“这儿就没有泥潭了。”

“不，爸，我不是这意思。”

“那你是什么意思？”阿巴生气地嚷道，“说呀！”

孩子讲了起来，但阿巴一个字都听不懂。他带着愤恨痛斥会堂和国家，阿巴只得想象这个可怜的孩子肯定是着了魔了：教希伯来语的老师殴打孩子；女人把污水桶里的污物泼在门外；店主在街上闲荡；没有厕所，人们想在哪方便就在哪方便，在浴室后面或露天，造成瘟疫和传染病的流行。他还嘲笑巫医艾泽瑞尔和媒人梅切斯，当然也没放过拉比法庭、浴室服务员、洗衣女工、济贫院监工、职业和慈善团体。

起先，阿巴担心这孩子已精神失常，但是听着他侃侃而谈，阿巴心里就愈发清楚他已偏离正道。雅各布·赖福曼，一个无神论者，曾在离弗兰波尔不远的什切布热申[1]高谈阔论。他的一个学生，一个诋毁以色列的人，经常来弗兰波尔看望姨妈，他聚集了一伙无所事事的信众。阿巴从未想过他的吉姆佩尔居然会和这伙人为伍。

“你看怎么样，爸？”吉姆佩尔问。

1　什切布热申：波兰东南部城镇。

阿巴仔细想了想。他知道和吉姆佩尔争论毫无必要，接着他又想起了那句谚语：一颗烂苹果，坏掉一整篓。“好吧，”他回答说，“我能怎样呢？你想去就去吧，我不拦你。”

说罢他继续干活。

但珀莎没这么容易放弃。她恳求吉姆佩尔不要去那么远的地方，她哭着求他不要为家族蒙羞。她甚至还跑到墓地里，去到她的祖辈坟前，想让死者来求情。但她最后还是相信阿巴是对的：争论毫无用处。吉姆佩尔的脸变得像皮革般坚毅，刻薄的光闪烁在他的黄眼睛里。在自己家中，他成了陌路。那晚他留宿在外，和他的朋友在一起，到早晨才回家收拾他的祈祷披肩和护身符，几件衬衣、一条毛毯，还有几个煮熟的鸡蛋——他准备好启程了。他为这趟旅行攒存了足够的路费。当他母亲看到一切成了定局，她坚持要他至少再带上一罐蜜饯、一瓶樱桃汁、一些被单床品。但吉姆佩尔拒绝了。他打算越过边境线偷渡到德国，如果轻装上阵就容易成功得多。就这样，他吻别母亲，向他的兄弟和朋友告了别，就这么走了。阿巴不想在分别时和儿子怒目相向，就用马车把他送到了利维茨[1]火车站。火车在午夜到达，伴着一阵嘶嘶声和口哨声，喧闹和嘈杂。阿巴还把车头的大灯认作可怖魔鬼的眼睛，躲开从烟囱里升起的火花和烟雾的圆柱，以及它们的蒸汽云。

1　利维茨：波兰东南部村镇。

炫目的灯光只加剧了周围的昏暗。吉姆佩尔带着他的行李像个疯子似的冲过去，他的父亲跟在他后面。最后一刻，男孩亲吻了父亲的手，阿巴在他身后喊道，声音融入黑暗，“祝你好运！别抛弃你的信仰！”

火车驶出了站，只在阿巴的鼻孔里留下一缕浓烟的气味，车铃声萦绕在他耳中。大地在他脚下颤动。仿佛孩子被魔鬼拖走了！他回到家，珀莎倒在他怀里，她哭泣着，他对她说：“赏赐的是耶和华，收取的也是耶和华……”[1]

几个月都没有吉姆佩尔的音讯。阿巴知道年轻人背井离乡后都这样子——忘了自己最亲爱的人。就像一句谚语说的：眼不见，心不想。他怀疑这辈子是否还会收到他的消息，但突然有一天，送来了一封来自美国的信。阿巴认出了儿子的笔迹。吉姆佩尔信中说，他安全越过国境线，见到了许多陌生的城市，并在船上漂了四周，以土豆和鲱鱼充饥，因为他不愿碰不合教规的食物。海洋是那样深，浪头直卷天际。他看见了飞鱼，但没见美人鱼或美男鱼，也没听到他们歌唱。纽约是座大城市，建筑高耸入云。火车在高于屋顶的轨道上行驶。异教徒都说英语。没人走路时看着

1 出自《圣经》中的《约伯记》，当天灾突然降临于生活富足的约伯头上，他说道：“我赤身出于母胎，也必赤身归回；赏赐的是耶和华，收取的也是耶和华；耶和华的名是应当称颂的。”

地上，人们都高高地昂着头。他在纽约遇到了许多同胞，他们都穿短外套。他也是。他在家乡学到的手艺正好派上了大用场。他过得很好，能养活自己。他会再写信来的，下次就是一封长信。他吻他的父母兄弟，以及问候他的朋友。

总而言之，这是封报平安的信。

在他的第二封信中，吉姆佩尔说他爱上了一个女孩，为她买了钻戒。她叫贝茜，来自罗马尼亚，她是从事服装行业的。阿巴戴上铜框眼镜，花了好长时间才看明白。这男孩从哪学了这么多英语单词？第三封信说他结婚了，一位神父主持了婚礼。他还放了一张他和妻子的合影。

阿巴不敢相信。他的儿子身穿绅士西装，头戴礼帽。新娘穿着带拖裾的洁白婚纱，打扮得像个伯爵夫人。她手中还拿着一捧捧花。珀莎瞧了一眼照片就哭了起来。吉姆佩尔的兄弟也目瞪口呆。邻居跑来了，全镇的朋友都过来了：他们都说，吉姆佩尔是被魔法偷偷带到一片黄金之地，他在那儿娶了位公主为妻——就像杂货商带到镇上的故事书里发生的那样。

长话短说，吉姆佩尔劝说盖泽尔去了美国，盖泽尔说服了特雷特尔，戈德尔听了特雷特尔的话，费维尔也是。接着这五兄弟也带走了最小的利普和加纳尼亚。珀莎终日守着信箱过活。她在门柱上钉了个慈善箱，每当收到一封信，她就往投币口塞进个硬币，阿巴独自一人干活。他不再需要学徒，因为开支减少，少赚一些也能养活两人。其实，他也可以完全不工作，他的儿子会从国外寄钱来。尽管如此，他还是按习惯早起，在工作台前忙活到晚上。他的榔头声传到很远的地方，还夹杂着炉边的蟋蟀声，洞里的老鼠声，屋顶瓦片的噼啪声。可他的心里却乱糟糟的。小鞋匠们世世代代都生活在弗兰波尔，突然之间鸟儿就都倾巢而出。这是对他的惩罚，还是审判？这哪成呀？

阿巴凿了个洞，插了根钉子，嘴里念道："那么，你——阿巴，是你知道自己在做什么，而上帝什么都不知道吗？惭愧啊，傻瓜！这都是上帝的旨意。阿门！"

4

弗兰波尔之殇

差不多四十年过去了。珀莎早就在奥地利被占领[1]的那段时间死于霍乱。阿巴的儿子都在美国发了财。他们每周都会写信来，恳求他去和他们团聚，但他还是留在弗兰波尔这栋矮坡上的旧房子里。他为自己准备好了后事，在珀莎的墓旁，和祖辈一起，墓碑已经立好，还差日期没刻。阿巴在她的墓旁安了条长凳，在新

1 指1938年3月12日希特勒德国武装吞并奥地利的事件。

年或斋戒时，他会去那里祈祷和阅读《耶利米衰歌》[1]。他喜欢在墓地做这事。这里的天空比镇里更明净通透，一种伟大而丰富的岑寂从这篇圣土上升起，老旧的墓碑爬满青苔。他爱坐着看那些高高的白桦树，它们甚至在无风时也会颤抖，昏鸦在枝桠间栖息，就像黑色的果实。她死前，珀莎要他允诺不会再娶，并定期到她墓前，将孩子的消息带给她。他信守承诺。他会沿着土墩，摊开身子躺下，对她的耳朵轻语，就好像她还活着，"吉姆佩尔又有了个孙子。盖泽尔的小女儿订婚了，感谢上帝……"

土坡上的房子几乎成了一堆废墟。房梁腐烂，屋顶需要石柱支撑。三扇窗子中有两扇钉上了木板，因为窗框上装不上玻璃。地板几乎没了，裸露的地面踩在脚下。庭院里的梨树已经枯萎；树墩和树枝上都盖了一层鳞屑。这花园现在长了很多有毒的浆果和葡萄，还"盛产"孩子在过痛悼节[2]时丢的刺果。人们说他们看见这地方夜里有神秘的鬼火燃烧，还说这座阁楼里都是会飞进女孩头发的蝙蝠。即使如此，一只猫头鹰还是在房子周围夜夜嚎叫。邻居一次次告诫阿巴搬出这栋屋子，趁事情还没太晚——最轻微的一阵风都会把它吹塌。他们也恳求他别再干活了——他的儿子们给了他那么多钱。但阿巴还是固执地早起，继续在鞋匠的工作

1 《耶利米衰歌》:《圣经》中的一卷，记载了犹太人在耶路撒冷和圣殿被毁（公元前 586 年）之后所作的挽歌集。

2 痛悼节：犹太节日。这天被认为是犹太日历中最悲伤的一天，注定要发生悲剧的一天。

台上忙活。尽管黄头发还没那么快变色，但阿巴的胡子已经全白，之后白胡子又褪成黄色。他的眉毛像刷子一样长出来，遮住了眼睛，高高的前额像一张黄色羊皮纸。但他还没丧失他的触感。他还能做出一双带宽跟的结实鞋子，即使花的时间稍多了些。他忙着用锥子打孔，用针缝线，用锤子敲钉，接着用一副嘶哑的嗓音唱起了老鞋匠之歌：

从前有位妈妈，买了只公山羊，
屠师拿刀宰了公山羊，
噢，主哟，公山羊！
阿福勒梅尔吃了羊耳朵，
伯雷尔吃了羊肺，
吉姆佩尔吃了羊食管，
多维德尔吃了羊舌，
赫舍尔吃了羊脖子……

这时，已没人应和他了，他就独自唱合唱部分：

噢，主哟，公山羊！

他的朋友催他雇个用人，但他不愿让陌生女人进家门。邻近街坊的女人偶尔会过来帮他扫扫地、掸掸灰，可即使这样他也受不了。他习惯了一个人独居。他学会自己做饭，在三角桌上煮汤，甚至会在礼拜五做安息日布丁。他最喜欢独自坐在工作台前冥想，随着年纪越来越大，他的思维也愈发混乱。日日夜夜，他自言自语。一个声音提问，一个声音回答。机言妙语涌入他的脑海，犀利、适时的言辞渗透着岁月的智慧，仿佛他的祖先们还魂重生，在他的脑海中无休无止地展开有关现世与来世的种种思辨。他的思考全围绕一个主题：何为生，何为死，何为永不停止的时间，以及美国离这儿有多远？他的眼皮耷拉下来，锤子也从手中滑落，但他依旧能听见鞋匠那特有的敲击声——轻、重、重——好像有一个幽灵坐在他身边，修着无形的鞋子。一位邻居问他为什么不去投靠儿子时，他会指着工作台上那堆东西说："喏，你看，那堆鞋，我走了谁来修？"

又是几年过去，阿巴也不知道时间怎样溜走、又去了哪儿。行脚的布道师途经弗兰波尔时，会带来一些外部世界的消息。在阿巴依旧参加活动的会堂里，年轻人谈论着战争、反犹法令、大批犹太人又回到巴勒斯坦[1]。曾是阿巴多年顾客的农民也突然抛弃了他，去找了波兰鞋匠做生意。又有一天，这个老人听说一场新的世界大战一触即发。希特勒——愿他的名字消失！——已纠集他的野蛮人军

1 指 1935 年的《纽伦堡法案》及之后通过的一系列法令。由于德国反犹，大批犹太人又迁回巴勒斯坦。

团，威胁要夺取波兰。这场以色列的天谴让德国的犹太人流离失所，和西班牙的遭遇[1]一样。老人想到救世主的现世，变得万分激动。谁知道呢？也许这是歌革和玛各[2]的宿命之战？也许救世主真的即将降临，死人要复活了！他看见坟墓打开，小鞋匠们一一走了出来——阿巴、盖泽尔、特雷特尔、他的祖父、他的父亲。他把他们请进家，摆出白兰地和蛋糕。看到房子居然这样颓败，妻子珀莎很难为情，“别在意，”他信誓旦旦地说，“我们会叫个人来打扫。只要我们都在一起！”这时，天边出现一朵祥云，笼罩了弗兰波尔全镇——会堂、研习室、洁净礼浴室、所有犹太人的家，包括他自己家——把这一切都送到了圣地。不妨想象一下，当他遇到来自美国的一个个儿子时，他会多么惊讶。他们都跪倒在他的脚前，喊道：“宽恕我们吧，父亲！”

阿巴想象着这一情景，他的榔头加快了节奏。他望见小鞋匠们穿上丝缎衣服，系上垂着长绳的宽腰带，兴致高昂地前往耶路撒冷欢庆安息日。他们在所罗门神殿[3]祈祷，品着天国的佳酿，吃

1 此处“西班牙的遭遇”指 1492 年，由费尔南多国王和伊莎贝拉女王把持的西班牙宫廷，攻下了统治西班牙南部 700 年之久的摩尔人重镇格拉纳达，完成了伊比利亚半岛收复失土运动，驱逐了当地的 20 万犹太人。

2 歌革和玛各：关于这两人，《圣经》中有许多不同的说法，但相同的一点是，他们是反抗基督的反派人物。

3 所罗门神殿：据《圣经》，该建筑位于耶路撒冷，是由犹太王国的所罗门王建成的豪华宫殿。在所罗门死后的 344 年，巴比伦国王尼布甲尼撒攻陷了耶路撒冷，烧毁了所罗门宫殿；至此，犹太王国覆灭。

着公牛和海怪的肉。以虔诚和智慧闻名的老鞋匠约翰南[1]向他们家族问候，和他们一起讨论《律法书》和制鞋技艺。安息日一结束，整个家族回到弗兰波尔，回到自家的老房子，这时的弗兰波尔已成了以色列的土地。尽管这房子还是和以前一样小，但不可思议的是，它已变得足够宽敞，就像那圣书上写的鹿皮。他们都在同一张工作台上忙活，阿巴们、吉姆佩尔们、盖泽尔们、戈德尔们、特雷特尔们和利普们，为锡安山[2]的女儿们缝制金色凉鞋，为儿子们制作气派的靴子。救世主亲临小鞋匠们的家，让他们为他量尺寸，做一双丝绸拖鞋。

一天早晨，阿巴又在思绪的海洋中漫游时，听到一声震耳欲聋的巨响。老人浑身战抖：救世主吹响了号角！他丢下正在做的靴子，万分激动地冲出家门。但这不是先知以利亚[3]宣告救世主来临，而是纳粹的飞机正在轰炸弗兰波尔。恐惧蔓延了全镇。一枚炸弹落在会堂旁边，一阵巨响让阿巴觉得他的大脑在头颅里打战。地狱在他面前展开。刺眼的雷光过后，爆炸接踵而至，照亮了整个弗兰波尔。一股黑云从会堂的院子里升起。成群的鸟儿在空中拍打着翅膀。森林在燃烧。从他的山坡向下望去，阿巴看见果园

---

1 老鞋匠约翰南：大约活动在公元100年至150年的人物，是一位有名的拉比，传说亦以制鞋为生。

2 锡安山：耶路撒冷以南的圣地。

3 以利亚：《圣经》人物，先知。

在滚滚浓烟中燃烧。苹果树抖落着一树火花。几个站在他身边的人都扑倒在地，同时也喊他趴下。他没听见他们说的话，他们动着嘴唇在演默剧。他吓得瑟瑟发抖，双膝打战，重回屋中，往袋子里装了他的祈祷披肩和护身符、一件衬衣、鞋匠工具，还有藏在草席下的钞票。接着他拿起一根木棍，吻过门柱圣卷后就走出屋子。他大难不死真是奇迹，就在离开屋子的那一刻，房子起火了。屋顶像个盖子似的被掀开，露出藏满宝藏的阁楼。墙也坍塌了。阿巴转过身，看见放着圣书的书架湮灭于火海中。炭化成黑色的纸张在空中翻飞，燃烧的字母发出光芒，就如西奈山[1]上上帝亲授摩西十诫。

5

漂洋过海

从那天起，阿巴的生活发生了翻天覆地的变化——就像他在《圣经》上读过的故事，一个行脚布道师嘴里说出的奇谭。他抛下祖辈生活的房子，还有他出生的故乡，拄着拐杖，颤颤巍巍地投入世界，就像先祖亚伯拉罕。弗兰波尔和周边村庄的浩劫使他想

1　西奈山：根据《圣经》，上帝在此向摩西显灵，亲授摩西刻有十诫的石板。

起了索多玛和蛾摩拉[1]，那儿就像一个熔炉在熊熊燃烧。他和其他犹太人躺在公墓里过夜，头枕着墓碑——他也是，就像从别是巴前往哈兰的途中，雅各在伯特利以石为枕[2]。

犹太新年，弗兰波尔的犹太人在森林里举行仪式，由阿巴引读《主祷词》中最庄严的片段，因为只有他带了祈祷披肩。他站在一棵作为祭坛的松树下，用嘶哑的嗓音缓慢庄重地吟诵大圣日[3]的总祷文。布谷鸟和啄木鸟应和着他，周围的鸟儿都吱吱喳喳地叫着，啼鸣着，尖叫着。晚夏的游丝在空气中飘荡，落在阿巴的胡须上。偶尔，一阵低沉的声音穿过森林，就像吹响了羊角号。随着赎罪日临近，弗兰波尔的犹太人半夜起床，吟诵祷文，祈求宽恕，只言片语，能记多少背诵多少。马儿在周围的草场上嘶鸣，青蛙在冰凉的夜里鼓鸣。远处时不时响起枪声，云彩红光闪烁。流星落下，闪电的光芒划过天际。挨饿受饥的小孩子哭累了，患了病，死在了母亲的臂弯里。旷野之中埋葬了很多人。一个女人分娩了。

阿巴感觉变成了自己的高祖，那个从科密尼兹基大屠杀中逃

1　索多玛和蛾摩拉 :《圣经》中两座罪恶之城。

2　该典故来自《圣经》：传说雅各用计谋取了哥哥以扫的长子名分，使以扫起了杀心，得知此事的雅各离开别是巴前往哈兰避难，到了一个地方，因为太阳落了，就在那里住宿，便拾起那地方的一块石头枕在头下，在那里躺卧睡了。梦中，主显现神迹。雅各醒后，遂把此地称为伯特利。

3　大圣日 : 指犹太新年和赎罪日的假期。赎罪日在犹太新年后的第十天。

过一劫的人，那个名字被记载在弗兰波尔年鉴上的人。他准备好为圣化己名而殉道。他梦到神父和宗教裁判所。风穿过枝梢，他听到殉道的犹太人在呐喊："以色列啊，你要听！耶和华我们的神，是独一的主！"

所幸的是，阿巴的积蓄和制鞋工具帮助了许多犹太人。有了钱，他们租了马车，一路向南，逃往罗马尼亚。可他们经常需要长途跋涉，鞋子都报废了。阿巴停在树下，拿出他的制鞋工具。承蒙上帝的圣援，他们攻坚克难，趁着黑夜穿过了罗马尼亚边境。第二天，也就是赎罪日的前一天，一个老寡妇在清晨时分把阿巴迎进她家。阿巴拍了封电报给在美国的儿子们，告诉他们父亲一切平安。

读到此处，你大概确信阿巴的儿子们肯定在竭尽全力营救老人。得知他的下落后，他们赶到华盛顿，想方设法为他弄到了签证。接着他们又给布加勒斯特[1]的领事馆汇去一大笔钱，请求他们帮助父亲。领事馆派了一位信使去接阿巴，于是阿巴被带上了去布加勒斯特的火车。在那里他停留了一周，然后被转往意大利海港，在那儿，人们给他修须剪发，驱虱，蒸衣杀菌。他登上了去美国的最后一班轮船。

这是一段漫长而又艰难的旅程。从罗马尼亚到意大利的火车

1　布加勒斯特：罗马尼亚首都。

上坡下坡，吭哧吭哧地整整走了三十六个小时。他得到了食物，但他又怕食物不洁，不符犹太净仪，于是什么都没吃。他的护身符和祈祷披肩也丢了，这下他完全没了时间概念，再也分不清安息日和工作日。显然，他是船上唯一的犹太人。船上有个说德语的男人，但阿巴听不懂他说的话。

大海咆哮，风骤浪急。阿巴几乎一路都躺着，经常把胆汁都吐了出来，虽然他除了干面包和水以外，其他什么都没吃。他迷迷糊糊地瞌睡，但日夜不停的噗噗的引擎声、吓人的长长的警笛声会把他吵醒，空气中还散发着火和硫黄的臭味。他的舱门经常扇来扇去，好像一个小妖魔在上面晃悠。橱柜里的玻璃制品抖抖索索，跳起舞来，墙面摇动。甲板摇得就像一只摇篮。

白天，阿巴从他铺位上面的舷窗不时向外眺望。船纵身一跃，仿佛要登上天际，而碎裂的天空则坠落而下，世界似乎要回归到原初的混沌之中。接着，船会骤然落回大海，天空和大海再次分离，就像《创世记》中的情景。这会儿，锯齿状的海浪泛着硫黄般的黄和黑，它们涌出海面，往地平线延绵而去，就像一座山峦，这令阿巴想到了赞美诗的歌词："大山踊跃，如公羊；小山跳舞，如羊羔。"接着，海浪便会波动着向后隐陷下去，就如分水岭的奇观。阿巴没读过多少书，但《圣经》的典故从他心头划过，他把自己视作在上帝面前逃逸的先知约拿[1]。他也一样躺在鲸鱼的肚子里，就像约拿，祈祷上帝的拯救。然后，海洋在他看来就不是海洋，而是荒芜无边的沙漠，毒蛇、怪物和邪龙爬行，就如《申命记》中写的那样。晚上他很少闭眼。起床去如厕时，他会头昏脑眩，跌倒在地。费了老大的劲才重新站起，他弯着膝盖，东跌西撞，迷失在狭窄弯曲的走廊，呻吟着，呼救着，直到一位水手把他带回到船舱。每当这时，他就确信自己要死了。唉，连一场体面的犹太葬礼都不会有啊，而只会被扔进大海了事。于是他忏悔，用他那结疤的拳头捶打胸口，喊道："宽恕我，天父！"

他记不清航行什么时候开始，也不知道什么时候结束。这艘船已经加速驶进纽约港的码头，但阿巴没有一点概念。他望见高楼大厦和电视塔，不过他还以为这些是埃及的金字塔。一个戴白帽的高个男子走进船舱，对他喊了些什么，但他无动于衷。最后，他们帮他穿好衣服，带到甲板上，那儿，他的儿子、儿媳和孙子们正等待着他。阿巴懵住了，一群波兰地主、伯爵和伯爵夫人、异族男孩和女孩，跳向他，拥抱他，亲吻他，用一种奇怪的语言喊叫着，听上去既像意第绪语又不像意第绪语。他们半拉半搀地把他拽上车。又来了几辆车，满载着阿巴的亲人，它们随即出发，

1 约拿：《圣经》人物，先知。他接到上帝的命令，要他到尼尼微城传警告，他却抗命，逃往别处；途中，他要悔悟，便让同船的人把他丢进了海里，此时，上帝安排了一条大鱼吞了他，他在鱼腹中三天三夜，知错认错。

宛如射箭般飞快地掠过桥梁、河流、屋顶。一座座大厦此起彼伏，就像被施了魔法，有几幢直插云端。整座城市在他面前鳞次展开，阿巴想起比东和兰塞[1]。汽车飞驰，在他眼里，街上的行人一个个好像是在倒退一样。空中雷鸣电闪，撞击声、喇叭声响彻云霄，噼噼啪啪，既像婚礼，又像熊熊烈火。这世界乱作一团，异教徒弹冠相庆……

儿子们簇拥在他身边。但他云里雾里，一个都不认识。都是矮个子的白发老人。他们哇哇喊着，好像他是个聋子。

"我是吉姆佩尔！"

"盖泽尔！"

"费维尔！"

老人闭上眼，默不作声。他们的声音汇聚到一块，一切都乱七八糟、毫无头绪。突然间他想起雅各初入埃及，法老的战车[2]来迎接他。他感觉自己在前世经历过相同的事。他的胡子开始颤动，一阵沙哑的悲鸣从他胸口发出。一段业已遗忘的《圣经》经文卡在他的喉头。

---

1 比东和兰塞：《出埃及记》中记载，这是古埃及的两座城市，由法老强迫以色列人建造。

2 该典故出自《圣经》：雅各生有许多儿子，但爱约瑟甚于其他众子；约瑟的哥哥们由此嫉妒，将约瑟卖到了埃及，又骗雅各说约瑟被野兽吃了；多年以后，雅各居住之地迦南发生大饥荒。他的众子就到埃及买粮食，他们不晓得当年被自己卖掉的幼弟约瑟已经成为埃及的宰相，深得埃及法老的重用。在几经波折之后相认。约瑟请求兄弟们把父亲接来埃及居住，雅各坐着法老送来的车终于与幼子约瑟重逢。

他盲目抱住其中一个儿子，哭泣道："是你吗？你还活着？"

他本打算说的话是："我既得见你的面，知道你还在，就是死我也甘心。"[1]

6

新地的传承

阿巴的儿子们住在新泽西州的镇郊。他们的七栋房子都有花园环绕，伫立在湖滨，每天他们都开车去吉姆佩尔的制鞋厂，但阿巴到达的这天，他们放了个假，为他举办了一场宴会。宴会在吉姆佩尔的家里举行，完全按犹太教的规仪备膳。吉姆佩尔的妻子贝茜，她的父亲在故国是一位希伯来语老师，因此她记得所有仪式，一丝不苟、亦步亦趋地实施，甚至还戴了条头巾。妯娌们也一样，阿巴的儿子们也戴上从前新年时戴过的无边小帽。孙辈和曾孙辈不懂意第绪语，但也学了几个单词。他们听说过弗兰波尔、小鞋匠，还有家族第一位阿巴的传说。连住在附近的外族人都对这段历史很熟悉。吉姆佩尔在报纸上做广告，不无骄傲地表示他的家族属于"鞋匠中的贵族"：

1　这句话是雅各和约瑟见面时对约瑟说的。

我们的制鞋史可追溯至三百年前的波兰城市布罗迪。祖先阿巴从当地的鞋匠师傅那儿学得一门好手艺。我们的家族在弗兰波尔制鞋已达十五代，为表彰他的慈善事业，弗兰波尔特授予他“贤师”尊号。这种公共责任感在我们家族的代代制鞋人中薪火相传，始终伴随着我们对工艺标准的最高追求，对顾客的以诚相待。

阿巴抵达美国那天，伊丽莎白镇的报纸刊登了一则通告，著名制鞋公司的七兄弟欢迎从波兰来美的父亲。吉姆佩尔收到了来自竞争对手、亲朋好友的一大堆贺电。

这是一场非凡的喜宴。吉姆佩尔家的餐厅里摆了三桌，老人和儿子儿媳坐一桌，孙辈一桌，重孙辈一桌。虽然外面天光大亮，桌上还是点着蜡烛——红、蓝、黄、绿——点点烛光映照着餐盘和银器，水晶玻璃和葡萄酒杯，令人想起逾越节的晚餐。餐厅的每个角落里，鲜花争奇斗艳。可以肯定的是，儿媳们希望看到阿巴穿着得体地出席这一场合，但吉姆佩尔自有主张，阿巴在美国的第一天可以穿他平常那件弗兰波尔风格的长袍。吉姆佩尔还雇了个摄影师为宴会照相登报，并邀请了一位拉比和领唱员赴宴，用传统歌曲表达对老人的敬意。

阿巴坐在主座的扶手椅上。吉姆佩尔和盖泽尔端来一只碗，在他的手上浇水以示餐前的祝福。食物用银质餐盘盛放，由黑人女佣端上桌。老人面前摆满了各种果汁和沙拉，还有甜白兰地酒、干邑、鱼子酱。但法老、约瑟、波提乏的妻子[1]、歌珊地[2]、面包师傅和管家的身影一直在他的脑中一圈圈地兜转。他的手抖得太厉害，都不能自己吃东西，必须得靠吉姆佩尔帮忙。不管他的儿子怎么和他说话，他都分不清他们。每当电话铃响，他就吓得跳起来——纳粹在轰炸弗兰波尔。这整间屋子也像个旋转木马似的一圈圈地转动，桌子摆在天花板上，每个人都颠倒地坐着。在烛光和灯光下，他脸色煞白，病容显露。在上过汤、正上烤鸡时，他一下睡着了。他们赶紧把他送去卧室，给他脱了衣服，还叫了位医生。

他在床上躺了几周，意识时有时无，时而会像发烧那样睡着。他甚至连祷告的力气都没有了。护士日夜在床边照看他。最后，他恢复了一些，能在房门外散散步，但他的意识还是混乱的。他会走到衣柜里去，把自己锁在浴室里又忘记怎么出来；门铃和收音机的声音都会吓着他；车子从屋前经过时，他常常会心惊肉跳。有一天，吉姆佩尔带他去了十英里外的会堂，但即使在那儿他也晕头转向。司事的胡子刮得很干净；枝形烛台上装的是灯泡。没

---

1 出自《圣经》。约瑟被卖去埃及后，被法老的护卫长波提乏买去，他的妻子见约瑟秀雅俊美，几次三番要与其同寝，但约瑟不允，反被诬告企图强奸，结果无辜入狱多年。

2 歌珊地：该地为《圣经》中犹太人曾在埃及的寄居之地，雅各因为迦南饥荒而逃至埃及，在约瑟的建议下，雅各一家请求去歌珊地定居，在那生活了四百多年，后来摩西带领以色列人出埃及。

有院子，没有供人洗手的水龙头，周围没有火炉。领唱员唱起歌来也不像一个领唱，而是叽里呱啦地乱叫。集会的人都系着很小的祈祷披肩，就像脖子上系着的一块领巾。阿巴确信他是被拉到这个会堂来皈依的……

春季来临了，他也没有好转，儿媳们暗示把他送入养老院未必是坏主意。然而，一件意料不到的事发生了。一天，阿巴碰巧打开一个衣柜，他留意到地上有一只似曾相识的袋子。他又看了看，认出了这是他从弗兰波尔带来的制鞋工具：鞋楦、榔头、钉子、他的刀和钳子、矬子和锥子，甚至还有只破鞋。阿巴兴奋不已，几乎不敢相信自己的眼睛。他在搁脚凳上坐下，用他那年迈笨拙的手指摸索这堆东西。贝茜走进房来，看见他正把玩这一只脏脏的破鞋子，不禁大笑起来。

"您在做什么呢，父亲？小心别弄伤自己，上帝保佑！"

这天，阿巴没躺在床上打瞌睡。他一直忙活到了晚上，甚至吃鸡肉时比平时胃口更好。孙辈过来看他在干什么，他朝他们微微一笑。第二天，吉姆佩尔告诉弟弟们父亲又重操旧业了，他们都笑了，也没有再多想——但事后很快证明这拯救了老人。他日复一日、不知疲倦地坚持，在衣橱间翻找旧鞋子，恳求儿子们为他提供皮革和工具。他们屈服了，他修好了房子里所有的鞋子——男式的、女式的、孩子穿的。逾越节假后，兄弟们聚在一起，决定在院子里搭个小棚。他们配备了一个鞋匠工作台，一大堆皮质鞋底面和兽皮，钉子、染料和刷子——这行当所需的物件一应俱全。

阿巴开始了新生活。儿媳们喜极而泣，他看上去年轻了十五岁。就像在弗兰波尔那样，他现在又是清晨而起，做完祷告后立马投入工作。他再次用结绳作为量具。第一双鞋，他是给贝茜做的。老人做鞋这件事成了左邻右舍议论的话题。从前她总是抱怨鞋扎脚，但这双鞋，她认定是她穿过的最舒适的鞋。妯娌们很快也学她的样，阿巴也为她们量了脚。接着，孙辈们也来了。有些外族邻居听说阿巴纯粹喜欢定制鞋子后，也都来找他。尽管大部分时候他得比画着手势与邻居交流，但他们相处很顺畅。至于年纪轻轻的孙辈和重孙辈们，他们早已习惯了站在门边看他干活儿。现在，阿巴开始赚钱了，就时不时地给他们买糖果和玩具。他还削了支尖笔，教他们一些基础希伯来语和虔敬教义。

一个周日，吉姆佩尔来到阿巴的小铺，半开玩笑地撸起袖子，加入了阿巴的行列。弟弟们也不甘落后，就这样，在随后的周日，小棚里就摆了八张台凳。阿巴的儿子们把麻袋布裙铺在膝盖上开始工作，割鞋底、修鞋跟、凿洞、锤钉，就像从前一样。女人们站在门外呵呵地笑，为自己的丈夫感到自豪，孩子们看得入了神。阳光透过窗户射了进来，微尘在光线中起舞。春高气爽，流云悬浮在草地和水流之上，变幻出扫帚、帆船、羊群、象群的形状。鸟儿啁啾；飞虫嗡鸣；蝴蝶蹁跹。

阿巴抬起浓密的眉毛，他那悲伤的眼睛望向他的继承人——

七个鞋匠：吉姆佩尔、盖泽尔、特雷特尔、戈德尔、费维尔、利普和加纳尼亚。他们都两鬓见白，虽然还有黄发夹杂在里头。不，赞美上帝，他们没有成为埃及的偶像崇拜者。他们没有忘记自己的传承，也没有沦落为区区小人。老人心潮涌动，突然，他用嘶哑、窒闷的嗓音开始唱了起来：

“从前有个妈妈，
生了十个娃娃，
噢，主哟，十个娃娃！

老六名叫维维尔，
老七名叫泽温维尔，
老八名叫舍内尔，
老九名叫特维尔，
老十名叫尤德尔……”

接着，阿巴的儿子们齐声合唱：

“噢，主哟，尤德尔！”

欢乐*

1

科马洛夫[1]的贝尼什拉比，葬了班恩——他的第三个儿子后，停止了为他病中的孩子祈祷。只有一个儿子和两个女儿还活着，他们全都病得咳血。他的妻子常常闯入他独居的书房，大声喊道："你为什么不说话？你为什么不竭尽全力？"抬起紧捏的拳头，她会哀号说："你的学识、你的祈祷、你祖先的美德、冗长的斋戒有什么用？为什么他——我们的天父和你过不去？"她深陷

---

* 本篇英语由诺伯特·古德曼（Norbert Guterman）、伊莱恩·戈特利布（Elaine Gottlieb）翻译。

1 科马洛夫：波兰东部村庄，属于卢布林省。

绝望，有一次抄起一本圣书向地上扔去。贝尼什拉比一言不发，将它捡了起来。他一成不变的回答就是："别管我！"

尽管还不到五十岁，拉比的胡须就已稀稀拉拉的，变得像老人那样白了。高高的身体驼着背。他冷峻的黑眼睛扫过每个人。他不再为律法书写注解，也不再主持圣餐。现在他几周来都没再在研习室出现过。虽然他的信众从其他镇上来拜访他，他们也见不到他，甚至连个招呼都打不上。他坐在锁上的门后，默默无语。那是一场意味深长的静默。给他提供"生计"的那帮哈希德派教徒，渐次散落到了其他拉比之中。只有他交往最亲密的小圈子，几个哈西德派的、有智慧的老者留了下来。他的小女儿丽贝卡病死后，这位拉比甚至都没跟随她的灵车。他指示他的司事阿维戈多关上百叶窗，后来它们就没再打开过。穿过百叶窗上的一个心形孔洞，一缕微弱的光线照射进来，拉比就借着这丝光看书。他不再大声背诵篇章，他仅用拇指翻着书页，在这打开一本书，又在那里打开那本书，他闭着一只眼，空洞地盯着书本和墙壁以外的地方。在墨水中蘸了蘸钢笔，他会把一张纸拿到身前，却一个字都写不出来。他会在烟斗里灌上烟草，但又不点燃它。没有迹象表明他曾动过送到书房的早餐和晚餐。几个礼拜、几个月都这样过去了。

一个夏日，拉比出现在研习室。几个男孩和年轻人正在那里学习，还有两三个老人和闲人在冥思。由于他们的拉比已经缺席好久，他们看到他都有些害怕。拉比朝一个方向迈出步子，又缩回脚，他问："布利索夫[1]的亚伯拉罕·墨舍在吗？"

"在旅店里。"一个还没有被吓得哑口无言的年轻人说。

"你能让他来找我一下吗？"

"好的，拉比。"

这年轻人便立刻动身去了旅店。拉比朝书架踱去，随便抽出一本书来，在某页瞄了一眼，又把书放了回去。他站在那儿，穿着解开纽扣的长袍、带流苏的长衣、短长裤、白袜，脑袋上反戴着帽子，他鬓发蓬乱，眉毛短簇簇的。研习室安静极了，水滴在池子里的声音和飞虫在烛台周围的嗡鸣声都听得见。大座钟，带着长长的链条和石榴色的表盘，发出吱吱的响声敲了三下。透过敞开的窗户，能看见果园里的一棵棵果树。人们可以听见鸟的啁啾声。在光线的斜柱里，微尘振动着，不再是物质，也还不是精神，反射着彩虹的光晕。拉比叫来一个前不久刚从希伯来语学校毕业的男孩，他刚开始自己读《塔木德》。

"你叫什么名字，呃？"

"墨舍。"

"你在学什么？"

"第一卷。"

"哪一章？"

1　布利索夫：白俄罗斯城市。

“Shur Shenagah ath haparah.”

“你怎么翻译这个？”

“一只公牛用角顶母牛。”

拉比跺了跺穿着拖鞋的脚，“为什么公牛顶母牛？母牛对它做了什么？”

“公牛不讲道理。”

“但是创造公牛的上帝讲道理呀。”

男孩不知道怎么回答这个问题。拉比捏了捏他的脸。

“行吧，去研习吧。”拉比说，回到了自己的房间。

雷布·亚伯拉罕·墨舍没过多久就来了。他是个面孔显年轻的小个子男人，留着白白的鬓发和胡须，穿了件拖地长袍，腰间系了根苔绿色的厚腰带，手上拿着根长及膝盖的烟斗。他脑袋上戴着顶长帽子。他的古怪人尽皆知。他在午后背诵晨祷，在其他人做好晚祷很久后才背诵午祷。他会在普珥节唱赞美诗，在赎罪日前夕却在睡觉。逾越节前夜，当家家户户都在享用逾越节之宴时，他则会读上一卷《塔木德》里关于“损害和补偿”一章的法典注解。有传闻说，他曾在酒馆下棋时赢了一位将军，此将军便准许他贩卖白兰地以作奖赏。他的妻子经营生意，他自己呢，不大在家，多数时间都在科马洛夫。他会说住在科马洛夫就像站在西奈山山脚——那儿的空气能净化人哩。高兴劲一上来，他会说在科马洛夫根本不需要学习，在研习室的长凳上闲坐一会儿，像呼吸一样把《塔木德》吸进去就够了。哈西德派的教徒都知道拉比最尊敬亚伯拉罕·墨舍，会和他讨论深奥的教义，还征求他的意见。雷布·亚伯拉罕·墨舍也总是坐在桌首。尽管如此，他每次拜访拉比时，总是把自己整饬得像个年轻人。他洗了手，扣上长袍纽扣，卷好鬓发，梳了梳胡子。他毕恭毕敬地进去，就像走入圣人的屋子。

自从丽贝卡死后，拉比再也没召见过他，这本身就表明拉比心中深深的悲伤。雷布·亚伯拉罕·墨舍现在没像往常那样拖着脚走路，而是迈着干脆的步子，就像在跑一样。他在拉比的房门口停了停，扶好帽子，摸了摸胸口，用手绢擦了擦眉毛，然后装模作样地走进去。拉比打开一扇百叶窗，坐在那条安了象牙扶手的靠背椅上抽烟斗。一杯半满的茶放在桌上，旁边是一个面包卷。显然，拉比已平复如常了。

"拉比，我来了。"雷布·亚伯拉罕·墨舍说。

"我知道。请坐。"

"谢谢。"

拉比还是有一会儿没说话。他瘦削的手搁在桌沿上，眼睛盯着长手指上的白指甲。接着他说："亚伯拉罕·墨舍，这事坏了。"

"什么事坏了？"

"亚伯拉罕·墨舍，这比你想的还坏。"

"还能坏到哪儿去？"亚伯拉罕·墨舍反唇相讥。

“亚伯拉罕·墨舍，那帮无神论者是对的，世界上根本没什么正义，没有士师[1]。”

雷布·亚伯拉罕·墨舍习惯了拉比凌厉的言辞。在科马洛夫，就算宇宙之主都不能幸免。但叛逆是一回事，而否认上帝，又是另一回事。雷布·亚伯拉罕·墨舍脸色变白了。他的膝盖瑟瑟颤动。

“那谁来统治世界，拉比？”

“世界可不是谁统治的。”

“那谁来呢？”

“一个彻头彻尾的谎言！”

“喂，喂……”

“简直就是一坨屎……”

“这坨屎从何而来？”

“一开始便是一坨屎而已。”

雷布·亚伯拉罕·墨舍僵住了。他想张口说话，但争辩的话语卡在了喉咙里。好吧，他因为太伤心便开始说胡话了，他想。虽然如此，他还是吃了一惊。约伯尚能承受如此多的苦难，拉比也应该可以。

“那接下来我们该做什么，拉比？”雷布·亚伯拉罕·墨舍嘶哑地问。

1　士师：犹太人的领袖。

“我们应该崇拜偶像[1]。”

为防摔倒，雷布·亚伯拉罕·墨舍紧紧抓住桌子边沿。

“什么偶像？”他问。体内的一切都好像绷紧了。

拉比微微一笑。“别怕，我不会把你送到牧师那儿去。如果无神论者是对的，那么他拉[2]和亚伯拉罕有什么区别？他俩都侍奉不同的偶像。心思简单的他拉，做了个黏土神。亚伯拉罕生了我们的祖先。重要的是谁发明了什么。就算谎话也包含着一些真相。”

“您只是在开玩笑吧，”雷布·亚伯拉罕·墨舍结结巴巴地说。他口干舌燥、喉咙萎缩。

“行了，别发抖了！坐好！”

雷布·亚伯拉罕·墨舍坐了下来。拉比从座椅上起身，走到窗前，在那里站了好一会儿，凝视着天空。接着，他走向书橱。书橱散发着一股葡萄酒和熄灭了的告别蜡烛的气味，里面放着一个香料盒，一个佛手盒，还有一个光明节才用到的枝状大烛台。拉比拿出一卷《光明篇》，随意地打开，盯着某一页，点点头，又拍拍嘴唇，喊道：“真是个棒极了的发明，太棒了！”

1　根据摩西十诫，人不可崇拜偶像。犹太教亦反对偶像崇拜。

2　他拉：《圣经》人物，亚伯拉罕的父亲，传说他拉是做偶像营生的。

2

越来越多的哈西德派教徒离开了。每周六，研习室里只剩一小撮法定人数。司事们除了阿维戈多也都走了。拉比的妻子在家孤苦难耐，就去看望她的兄长比亚瓦的拉比，想在他家长住。雷布·亚伯拉罕·墨舍留在科马洛夫。他在每个月的安息日回老家和他的家人一起度过。他想，如果一个人在病中没被弃之一旁，那么他的灵魂生病时也肯定不会孤单寂寞。假如他们的拉比犯了罪，上帝保佑，那人们就会被禁止与这位拉比交往，但事实上，他的虔诚比以往更甚。他祈祷、研习，去洁净礼的浴室。他无比热心慈善事业，把自己的珍爱全都给卖了——银烛台、光明节用的枝形烛台、他的金手表、逾越节用的盘子——把卖来的钱都给了穷人。雷布·亚伯拉罕·墨舍责备他是在浪费自己的遗产，但拉比回答说："这世上确有穷人。这是一件确凿无疑的事情。"

夏季过去，厄路耳月[1]来临。周日，司事阿维戈多在研习室吹响羊角。整个厄路耳月，科马洛夫都曾人满为患，旅店里都没有足够的床位，年轻人都睡在贮藏室、粮仓和阁楼里。但今年，科马洛夫却冷冷清清的。旅店的百叶窗依然关着。野草在拉比家的

1　厄路耳月：即犹太教历六月，犹太国历十二月，在公元八九月间，共二十九天。

庭院里疯长，也没有人登门拜访的痕迹。轻飘的游丝飘荡在空中。果林地里树上的苹果、梨子和李子都成熟了，因为偷摘果子的男孩都走了。鸟儿的啼鸣听上去比以前更响亮。鼹鼠在田土里挖了无数个土堆。有的灌木上长出有毒的浆果。一天，拉比在去浴室的路上摘下一枚这样的浆果。“如果这么一个东西就能让一个人变成一具死尸，”他想，“那什么又是死尸？”他嗅了嗅它，又把它扔了。“如果世间上的一切都由一枚果子决定，那我们的事务也都是一把果子。”拉比走进浴室。“好吧，魔鬼们，你们在哪儿？”他大声说，他的声音化作回音回应着他，“至少让这块地方成为魔鬼的领地。”他坐在长凳上，一丝不挂，脱下带流苏的长衣，仔细端详。“就是一堆针线和绳结，除此之外什么都没有……”

水是冷的，但对他并没什么差别。“谁觉得冷？如果一个人觉得冷，那又如何？”寒意扼住他的呼吸，他抓住栏杆。然后他扎进水中，在水里待了很久。他的心中在暗暗发笑。“只要你还呼吸，你就必须得呼吸。”拉比擦干身子，穿好衣服。回到书房后，他打开一本喀巴拉主义的书，《两块十诫石板》。这里写着“若执法不严，撒旦必钻空子”。“好吧，如果这是个童话故事会怎么样？”拉比斜眯着一只眼，另一只眼又直勾勾地盯着。“太阳？如果你闭上眼，这儿就没有太阳了；鸟？塞住你的耳朵，这儿就没有鸟了；伤痛？吞下一枚野浆果，什么烦恼都没有了。这样的话，还剩下些什么？什么都没有。过去已不存在，未来还未到来。所谓结论就是此时以外，无物存在。好吧，既然这样，我们真的没什么好担心的。”

只有不到三十个哈西德派教士来到科马洛夫过新年。尽管拉比穿着斗篷和披肩出现了，但人们看不出他是否在祈祷，因为他一声不吭。礼拜后，哈西德派教士在桌边坐下，可他们拉比的座位却空着。一位老人唱了首赞美诗，其他人为他拍掌伴奏。雷布·亚伯拉罕·墨舍把拉比二十年前在律法书上做的评述又重复了一遍。感谢上帝，拉比还活着，虽然从他的种种职责上来看，他已经死了。

阿维戈多去了拉比的房间，他拿去了一瓶葡萄酒、蘸了蜂蜜的苹果、烧鲤鱼头、两块白面包、一小份鸡肉煨萝卜，以及一片为祈祷来年水果丰收的苹果派。但尽管已到了晚上，拉比还是什么都没吃。

整个厄路耳月里他都在斋戒。他的身体像是被掏空了似的。尽管饥饿感似乎还在他胃里的某处啃食着，但这阵饥饿感和他并无关系。他，科马洛夫的贝尼什，和食物有什么关系呢？一个人必须屈服于身体的欲望吗？如果他抵抗欲望，那身体会怎样——会死吗？“那就让它死了吧，如果这正是它想要的。这样我就满意了。”一只金绿色飞虫从窗帘另一边飞进屋子，停在了鲤鱼头这只光滑的眼睛上。拉比喃喃地说：“好吧，你在等什么呢？吃吧……”

正当拉比半睡半醒地坐在旧椅子上，他的手臂搭在扶手上，全神贯注地想着他也不知道是什么的事情，摆脱了一切外在的东西时，他突然看见了他的小女儿丽贝卡。穿过紧闭的门扉，她走进屋子，站在那儿，亭亭玉立，面容苍白，她的头发编成两根辫子，穿着她最好的、带着金线刺绣的衣裳，一只手拿着祈祷书，另一只手拿着手绢。拉比忘了她已经死了，他望着她，显出惊讶的神情。“看，她出落成个姑娘了，怎么会还没做新娘就夭折了呢？”一股非凡的高贵气质从她的容颜间散发出来，她一脸大病初愈的样子，脖颈上的珍珠项链闪耀着非尘世间的光芒，透出赎罪日时才有的光晕。带着一种谦卑慈爱的神情，她看着拉比。

“节日快乐，爸爸。”

“节日快乐，新年快乐，”拉比说道。

“爸爸，做饭前祷告。”

“什么？当然，当然。”

“爸爸，快去和餐桌上的客人们一起吃饭。”她说着，语调里一半是命令，一半是恳求。

一阵冰冷的寒战掠过拉比的背脊。“可她死了！”那一瞬间，他的眼里顿时浸满泪水，他跳起身，好像要向她奔去。透过眼泪的水雾，丽贝卡的身影变了形，一下变高，一下变模糊，可她还是在他眼前若隐若现。拉比注意到她那祈祷书上的银质扣环、手帕上的花边。她左边的辫子上系着一根白丝带。但她的脸，好似头纱覆身，变得斑驳不清。拉比哽咽了。

“我的女儿啊，是你在这儿吗？”

“是的，爸爸。”

“你为何来此？”

“来找您。”

“什么时候来的？”

“节日过后就来了。”

她好像要隐退了。在旋转的水雾里，她的身形失去了实体，但她的裙摆还是层层叠叠地拖在地上，宛如金色的拖裾，一层光芒从这上面弥散开来。很快就连这也消散了，唯独留下神迹现身的气息，一种超自然的感觉，一种天堂的欢乐。拉比没有哭，但闪闪发亮的大颗泪滴落到了他那绣着花叶图案的白色丝绸长袍上。空气里荡漾着桃金娘、丁香和藏红花的芳香。他感到口腔里充盈着一股浓甜的气味，好像刚吃过杏仁软糖。

拉比记起丽贝卡曾对他说的话。他戴上毛帽子，站起身，推开通向研习室的门。正是晚祷时间，但老人们还未离开餐桌。

“节日快乐，朋友们，”拉比欢快地说。

“节日快乐，拉比。”

“阿维戈多，我想祈祷。”

“准备好了，拉比。”

阿维戈多拿来一瓶葡萄酒，拉比唱了一首节日小曲，背诵起祷文。他行过洗手礼，又为面包祈祷。喝过肉汤后，拉比为律法书作评述，这事他已经几年没干了。他的声音很轻，虽然能够听见。拉比问了个问题，为何新年里的月亮是晦暗无明的。答案是，新年之际，一个人为生活祈祷，而生活意味着自由选择，而自由是神秘之物。如果一个人知道真相，又怎么会有自由？如果地狱和天堂在集市的中央，那每个人都能成为圣人。在赋予人类的所有赐福中，最非凡之处就是上帝对他永远隐去真容。人是上帝的孩子，全能的神和他们玩捉迷藏。他藏起面貌，孩子们找他的同时就坚信他的确存在。可如果，但愿这事不要发生，人们失去了信仰会怎么样？卑劣之人总以拒绝信仰为生，他们的否定也是一种信仰，一种对恶行的信仰，从中可为身体汲取力量。但假如一个虔诚的人失去信仰，真相就会显露于他，他会被召回。这是对这段文字的象征性解释，“当一个人死在帐篷里”，当一个虔诚的人从他的高度落下，成为像恶徒那样的人，没有永久的庇护，然后一束光芒从天堂照耀，一切怀疑戛然而止……

拉比的声音越来越微弱。老人们靠向他，侧耳细听。研习室里安静得连蜡烛火花闪烁的声音都听得见。雷布·亚伯拉罕·墨舍脸色苍白。他认识到这一切背后的意义。新年一过，他寄了些信，都是他连夜写的。拉比的妻子从比亚瓦回来了。其他很多哈西德派教徒在赎罪日前到达。拉比恢复了他先前的样子。住棚节期间，他在自己的凉亭里讲解律法书。住棚节的第七天，他和他的哈西德派同僚彻夜祈祷，直至黎明。在西姆查斯日，他不知疲倦地围着读书台跳舞。他的哈西德派同僚后来说，在科马洛夫，即便是老拉比在世时——上帝保佑他——人们也从未如此兴致勃勃地庆祝过那个节日。对他的每一位哈西德派同僚，拉比都推心置腹，询问家庭情况，仔细阅读每份请愿书。他帮孩子用灯笼、丝带和葡萄串装饰凉亭。他还亲手为桃金娘树编棕榈叶篮子。他捏捏那些和父亲一道前来的男孩的小脸，给他们饼干吃。通常，拉比都是在晚些时候独自祈祷，但在住棚节后的第二天，他在研习室和第一批前来参加祷告的人一同祈祷。祈祷完后，他要了一杯咖啡。雷布·亚伯拉罕·墨舍和一帮年轻人站着看拉比喝咖啡。拉比边喝咖啡，边抽烟斗。他说："我想告诉你们，这个物质世界并无实体。"

早餐过后，拉比做了祷告。接着他让人整理了他的床铺，对他那条旧祈祷披肩咕哝了些什么。他一躺下，就奄奄一息了。他的脸色变得像流苏长衣似的蜡黄。他的眼睑合上了。布满皱纹的额头呈现出奇怪的模样。可以清楚看见生命正在流逝，他的身躯萎缩，身形改变。拉比的妻子想叫医生，但拉比示意她不要这么做。他睁开双眼，望向门扉。在门侧柱之间、门柱圣卷的边上，大家都到齐了——他的四个儿子、两个女儿，他的父亲（上帝保佑他），还有他的祖父。他们怀着崇敬，伸开手臂，目光充满期待地望向他的方向。他们每个人都散发出不同的光辉。他们向前倾了倾身子，好像被无形的栅栏拦住了。“就这么回事，”拉比想，“现在一切都明晰了。”他听见他妻子的啜泣，想去安慰她，但喉咙和嘴唇里都没了力气。突然，雷布·亚伯拉罕·墨舍趴到了他的身上，好像知道拉比想说什么似的，接着拉比嗫嚅说：“人生在世，应当欢欢喜喜。”

这便是他的临终之言。

未出生者日记*

1

人不走，牛不踩。十三月十三日的星期五。日夜之间，黑山之后。荒芜林地中，阿斯蒙蒂斯城堡里，迷人月光下。

我，这些文字的作者，幸运地交了万分之一的好运：我没出生。我的父亲，一个犹太学校的学生，犯了俄南[1]的罪，从他的种里，创造了我——一半是精灵，一半是魔鬼；一半是空气，一半

* 本篇英语由南希·格罗斯（Nancy Gross）翻译。

1 据《圣经》记载，俄南与嫂嫂他玛同房，为了避免他玛给他哥哥留后，采取了性交中断的方法，为神所不满，遂被神杀死。

是幽灵。角像头雄鹿，翅膀像蝙蝠，有着一颗学者的头脑和强盗的心。我既是又非是。我朝着烟囱吹口哨，在公共浴室里跳舞。我打翻安息日为穷人准备的食物罐头，把丈夫即将归来时在家等待的女人玷污。我喜欢玩各种恶作剧。一次，在逾越节前的大安息日，一位年轻拉比在会堂做他的初次布道，我变成一只苍蝇，咬了这学问家的鼻尖。他把我弹开，但我又飞到他的耳垂上。他伸手想要把我赶走，我却跳到他高高的额头上，在那拉比式的深深皱纹间招摇。他布道，我唱歌，我很高兴听这个初出茅庐的学者说话，他乳臭未干，胡乱地念着经文，忘记了他原想从袖子里蜂拥而出的深奥教义。噢，对了，他的敌人为此有了个愉快的安息日！哦，他的妻子在那晚是如何痛骂他的！事实上，这夫妇俩吵得如此激烈，以至于（我都羞于告诉你）在逾越节的晚上她都不会让他上床的，而那一晚每个犹太丈夫都本应成为一位国王，而犹太妻子成为王后。如果她注定要怀上弥赛亚，我已把它扼杀在了摇篮里！

我的生命永恒，我不用担心生计，不用养孩子或为自己的行为负责，我想做什么就做什么。晚上，我看女人洗洁净礼，或溜进虔诚之人的卧室，听夫妇间的窃窃私语。我喜欢读别人的信，清点女人们存的私房钱。我的耳朵无比敏锐，我能听到脑壳里面的想法。虽然我没有嘴巴，笨得像条鱼，但我能伺机说出刺人的话。我不需要钱，但我喜欢偷鸡摸狗。我偷女人衣裳里的别针，松开她们的蝴蝶结。我藏匿重要文件和遗嘱——

我无恶不作！例如——

一个犹太地主，雷布·帕蒂尔，是个身世显赫的学问家，他有一副好心肠，但逐渐穷困潦倒了。他的奶牛不再产奶，土地贫瘠荒芜，蜜蜂不再产蜜。而且每况愈下。雷布·帕蒂尔也发现他时运不济，于是他对自己说："好吧——我会挨穷受死。"他留着几卷《塔木德》和一本圣歌集，他就整日坐着研读、祈祷、思索。"耶和华所赐的，也必收回。只要有面包我就吃，等到面包也没了，我就背着麻袋拄着拐杖去乞讨呗。"

他有个妻子，格蕾妮·佩西，她在华沙有个富裕的哥哥，雷布·格茨。于是她对她丈夫唠叨道："坐在这儿等啊等，等坐吃山空有什么意思？去华沙告诉我哥哥发生了什么。"然而，她丈夫是个有自尊的人，他回答说："我不需要任何人施舍我。如果上帝的旨意是让我富足，那他一定会全力帮助我，如果我命中注定要当个穷人，去一趟华沙就是不必要的自我作贱。"

可是，女人九成多嘴多舌，只有半成信仰坚定，她一直恳求坚持，直到他乖乖屈服。他穿上尾部被蛾子咬过的破皮大衣，驾了辆有篷的马车去了利维茨，再从那里去卢布林，然后在卢布林和华沙之间颠簸了好几天。

这段旅途遥远艰辛，有篷马车在路上跌跌撞撞了近一周。夜晚，雷布·帕蒂尔在路边的小旅店里过夜。那时正是住棚节过后，天空老下大雨。马车轮陷进泥地，车轮的辐条上沾满淤泥。长话短说：华沙救星雷布·格茨挤眉弄眼，抱怨连连，咬着胡子，发着牢骚，说他和他妻子的新亲戚都要从墙缝里钻出来了。最后他拿出一张五百金币的钞票，给了他那穷妹夫，然后就把他扫地出门，又暖心又冷淡，又笑又叹气，要求向他妹妹问好。毕竟，妹妹是妹妹，流着和自己一样的血呢。

雷布·帕蒂尔接过钞票，放进胸前的口袋，接着启程回家。诚然，他刚受的屈辱比那五百金币的五倍还多。但那又能怎样呢？显然，光荣一时，受辱一时。不管怎么说，屈辱已经过去，五百金币已落入他的口袋。用这笔钱可以买奶牛、马和山羊，还能修屋顶、缴税，还能存钱以备不时之需！我刚好就在那儿（那时我恰好变成了一只跳蚤藏在雷布·帕蒂尔的胡子里），于是我对他轻声说："好吧，你能说什么？事实就是格蕾妮·佩西没那么疯！"他回答道："显然这是天意，谁知道呢？也许上帝想要我赎罪，从现在开始我会时来运转了。"

回程的最后一晚，下了一场大雪，雪后就是严重的霜冻。马车无法在结冰的路面行驶，雷布·帕蒂尔就只好乘雪橇。他回到家时都冻坏了，长途旅行让他身心疲惫、喉咙嘶哑、狼狈不堪。他赶紧走进家里。他的妻子格蕾妮·佩西正坐在火炉边取暖。一见他，她便一声尖叫："我的命真苦——你都变成啥样了！我见过他们埋葬看上去比你还健康的尸体！"听了这番哀叹，雷布·帕蒂尔把手伸进胸前的口袋，拿出钞票放在桌上，说："拿着吧，这是你的。”他给她的这份慈善礼物让他付出了很多。格蕾妮·佩西的脸色从喜悦转为沮丧，然后又喜上眉梢。“好吧，我还以为有一千呢，”她说，“不过五百也不错。”

就在她说话的当儿，我从雷布·帕蒂尔的胡须中一跃而出，停在格蕾妮·佩西的鼻子上。我猛地一跳，这个可怜女人的手松开了钞票，钞票坠入火中。还没等他们两人叫出声来，一阵蓝绿色的火焰腾空直窜，五百金币只剩一堆纸灰。

好吧，告诉你他说了什么、她又怎么回答的又有什么意义呢？你可以自己想象嘛。我跳回雷布·帕蒂尔的胡须里，一直待在那儿，直到——我讨厌告诉你这个——他只得背上麻袋，拄着拐杖去乞讨。想摁死一只跳蚤！想逃离厄运！想弄清楚邪魔在哪里！……

当我返回黑山，告诉阿斯蒙蒂斯我做了什么，他捏捏我的耳朵，又把故事讲给他妻子莉莉丝听，她纵情大笑，整个荒漠都回荡着她的咯咯笑声，然后她，撒旦宫廷的女王，拧了拧我的鼻子：

“你可真是个顶呱呱的小魔鬼！”她对我说，“总有一天你会成就大事的！”

2

天是铜，地是铁，长满毒菌的田野，破败的茅屋，粪堆上，没底的罐子，冬至安息日的晚上，不必现在或以后，也不必在晚上想起，阿门塞拉！

我的女主人莉莉丝说的这番虚假的预言，现在已实现了。我不再是个小恶魔，而是个实实在在的魔鬼——而且，我是雄性的。我能装扮成人，玩那些恶意的把戏，还能让人的眼睛欺骗自己。没错，我可以被一句神圣的咒语驱逐，但如今谁懂喀巴拉[1]？小拉比只能在我尾巴上倒点盐。对我而言，他们的护身符不过是废纸而已。他们的魔力让我发笑。不止一次，我在他们一顶无边小帽里留了点魔鬼的粪便作为纪念品，或把他们的胡子打结。

是的，我干吓人的事情。我是魔鬼中的魔鬼，邪恶中的邪恶。一个月光朗照的夜晚，我变成一只装满盐的麻袋躺在路边。很快，一辆马车驶了过来。看着满当的麻袋，车夫停了马，跳下车，想把我搬上马车。谁不会白拿东西？我重得不得了，这个乡巴佬搬不动我。我一被搬上马车，他就撕开麻袋口舔我——显然他想知道我是盐还是糖。我立刻变作一只小牛犊——我可以让你猜三次，猜他舔了我哪儿。他明白自己在干什么时，这个可怜蛋几乎要发疯了。他的手脚都开始打战。“这是怎么回事？”他喊道，“我中了什么邪？”我突然拍了拍翅膀，像只鹰一样飞走了。这个车夫

1　喀巴拉：即 Cabala，犹太教的神秘主义哲学，解释永恒的造物主与有限的宇宙之间的关系。

一回到家就生病了。现在他去哪儿都带着护身符和施了咒的琥珀，不过这些玩意儿充其量就像给死人拔罐那样。

一个冬日，我来到托尔平村，扮作一个为圣地的穷人募款的人。我挨家挨户，打开挂在门前的金属慈善箱，把里面的小钱掏出来，几乎都是磨损厉害的半分钱。从一户人家中飘来了热过头的火炉气味。主人是个三十多岁的老姑娘，父母都已亡故。她以为宗教学校的孩子烤饼干为生。她生得矮又结实，长着一对大胸，还有一个更大的那什么玩意儿。屋里很暖和，空气中弥漫着肉桂和罂粟籽的味道，我突然想，和这个老姑娘结婚一段时间也不会失去什么。我理顺鬓上的小卷发，用手指梳了梳胡须，擤了擤生着冻疮的鼻头，跟她聊了起来。一话接一话地——我告诉她我是个无后无嗣的鳏夫。“我也挣不了大钱，但在我流苏长衣下的钱包里，可装着几百金币呢。”

“你妻子死了很久了吗？”她问。于是我回答说：“是三年前那个普珥节的前夜死的。”

她问，“她怎么啦？”然后我回答，“她死在产床上。”我呻吟道。

她能看出我是个实诚的人——不然一个男人为什么要为他死去的妻子服丧三年呢？长话短说，接着就是结婚。镇上的女人都很照顾这个孤儿。她们为她筹集了一笔嫁妆。她们送她桌布、餐巾、被单、衬衣、衬裙和内裤。而且由于她是个处女，他们在会堂厅里支起婚篷。伴手礼也给了，每个人都与新婚夫妇共舞，新娘被领去了她的卧室。“祝你好运！”男傧相对我说，“希望明年就能吃到你们儿子的割礼宴！”

宾客都离去了。夜晚漫长而漆黑。卧室像炉子般暖和，像埃及一样暗黑。我的新娘已经在床上了，盖着一层羽毛被——羽毛都是她亲手摘的——正等着她的丈夫。我在黑暗中摸索，我脱了衣服，我轻轻咳嗽，喃喃低语。“你累吗？”我问。

“不是特别累，”她回答说。

“你知道的，”我说，“那位——愿她灵魂安息——总是很累。可怜的人儿，她是那么虚弱。”

“现在就别谈她了，”我的妻子呵斥道，“希望她在天堂会为我们祝福。”

“我想跟你说点事，”我说，“不过别着急。她临死前曾要我发誓不会再娶。”

“你没许诺？”

“我有别的选择吗？你知道现在是禁止为死者悲伤的。”

“你本该问问拉比怎么做的，”这个烤饼干的对我说，“你为什么不早点告诉我？”

“这有什么关系，难道你怕她会回来勒死你？”

“上帝保佑。”她答道，“难道我该受责罚吗？这事我一点都不知道。”

我爬上床，浑身冰冷。“你怎么这么冷呢？”我妻子问。

“你真的想知道？”我问，“来，靠近点，把耳朵凑过来。”

“没人听得见你说话。”她说，一脸吃惊。

“俗话说，隔墙有耳。”我回答。

她竖起耳朵，我吐了口水进去。她战抖着坐起来。床板嘎吱作响。草垫开始下陷开裂。

“你在干什么？”她喊道，“这样显得你很聪明？”

我没说话，反而窃笑起来。

“这是什么鬼把戏？孩子间玩玩就算了，成年人可不合适。”

“你怎么知道我不是个小孩呢？”我回答，“我是个长胡须的小孩儿。雄山羊也有胡须。”

“好吧，”她说，“如果你想瞎说，就瞎说吧。晚安。”

她把脸转向墙壁。有那么一会儿，我们都静静地躺着。然后我捏了捏她身上最肥的地方。我妻子猛然一下弹起身来，床都抖了三抖，她发出一阵尖叫：“你疯了还是怎么的？你捏我干什么？上天救救我——我这是落入怎样的恶棍手中啊？”

接着她歇斯底里地哭起来——只有一个孤苦伶仃的孤儿才会这样，她等了三十多年才交到她的好运，最后发现自己嫁给了一个怪物。一颗强盗的心都会融化的。我确信上帝在那个晚上也流下一滴眼泪。但魔鬼终究是魔鬼。

清晨时分，我溜出屋子，去找拉比。这位拉比，一个品德圣洁的人，已起床研读。他看到我很吃惊。“上帝保佑，”他说，“这么早有什么事？”

“没错，我初来乍到，又没多少钱，但是你们也不能把一个婊子嫁给我！”

“婊子！”

“还用说吗？新娘可不是个处女！”

拉比让我在书房等他，然后去叫醒他妻子。她穿好衣服（甚至忘了洗手），又叫醒她的几个姐妹。一小群女人，包括拉比的妻子，就去盘问我的新娘、检查床单。托尔平可不是索多玛。一有什么罪孽，可是要昭告全镇的！

我的妻子哭得很伤心。她发誓我一整夜都没靠近过她。她一个劲地说我发疯了，说我捏了她，还在她的耳朵里吐口水，可那帮女人摇了摇头。她们把被告带到拉比那儿。她们押着她从集市里走过，镇里的人都透过窗户看热闹。书房挤满了人。我的妻子又哭又号。她发誓从来没有男人碰过她，包括我。

“他是个疯子。”她说，向我扑了过来。但我一口咬定她在撒谎。

“说实在的，”我表示，“就让医生来检查检查。”

“我们托尔平上哪儿去找医生？”他们问。

“这好办，”我说，“那就把她送到卢布林去。这世界还是有讲公道的地方吧，”我尖叫道。“我一定要整个波兰都知道这事！我要把整件事上告拉比法庭！”

“理智点。难道我们有错吗？”其中一位老人问。

“这是所有以色列人的责任，”我诚心诚意地回答说，“有谁听过哪个镇子不让一个年过三十的姑娘出嫁，还让她为宗教学校的孩子们烤饼干的？”

这时我的妻子反应过来我想把她的生计也一并毁了，她捏紧拳头，冲到我跟前。她想打我，如果她没被拉住的话，她的拳头就落到我身上了。

“看啊，大家，”我叫道，“她真是不知羞耻！”

到现在，每个人心中很清楚我才是个高尚可敬的人，而不是她。总而言之，拉比说：“我们仍有天父在上。离婚吧，把她休了。”

“请你原谅，”我说，“我可是花了笔大钱的。婚礼花了我一百金币啊。”

于是一场讨价还价开始了。她在烤饼干的生意里还省下些钱，一分一分地积攒，差不多有七十几金币。他们让我将就点算了，但我不依不饶。

“让她把那些在婚礼上收的礼物也一并卖了。”我说。

这下这姑娘尖叫了起来：“统统都拿走吧！撕裂我的身体，拿走我的肺脏吧！”她挠着脸，大叫道：“噢，娘啊，多么希望和你一起躺在坟墓里哟！”她捶着桌子，打翻墨水瓶，哭泣着说：“这种事竟然发生在我身上，这世上哪有什么上帝啊。”

会堂执事冲过去，扇了她个耳光，她倒在地上，衣衫不整，她的头巾从头上掉落下来。大家想把她扶起来，但她又踢又闹，甩手甩臂，哀号道："你们不是人，是畜生！"

然而，那天傍晚我还是拿到了我的一百金币。抄写员坐下来，拟好离婚书。突然我说我要出去一会儿——而我再也没回去。他们大半个夜晚都在寻找我。他们喊着我的名字，在我身后大声叫喊，他们上上下下地找了个遍。我的妻子成了永远的弃妇。就这样，她怨恨上帝、村镇和她自己的厄运，她投井自尽了。

阿斯蒙蒂斯亲自夸奖我的表现。

"不错，"他说，"你终于上路啦。"接着，他把我送到了玛修拉齐那儿去，她是拿玛的女儿，是教导新手恶魔做坏事的女妖怪。

老人*

1

“一战”开始时，住在华沙[1]的克鲁奇玛尔纳大街上的查伊姆·萨卡尔是个富豪。在为每个女儿备妥了一千卢布的嫁妆后，他打算租个新公寓，一栋足以容纳他那研读律法书的女婿的大房子。这栋房子也得有个房间留给他那九十岁的父亲，雷布·墨舍·贝尔，一个图里斯克[2]的哈西德派信徒，他是最近才搬到华沙和他儿子住的。

但两年后，查伊姆·萨卡尔的公寓就几乎空荡荡了。没人知

---

* 本篇英语由诺伯特·古德曼（Norbert Guterman）、伊莱恩·戈特利布（Elaine Gottlieb）翻译。

1 华沙在“一战”开始时是属于普鲁士王国的。

2 图里斯克位于波兰图里亚河沿岸，在“二战”之前属于波兰，今属于乌克兰。

道他那两个儿子，年纪轻轻又身强体壮，被送上前线后又被埋在了哪儿。他的妻子和两个女儿也死于斑疹伤寒。他护送她们的尸体去了公墓，为她们三人吟诵悼念词，抢占会堂祈祷台上最好的位置，这引起其他哀悼者的不满，他们指责他利用多次丧亲不公地利用了设施。

德军占领华沙后，查伊姆·萨卡尔这个做活鹅生意的、高大的六十岁老人，就关了自己的店铺。他按件卖了家具，为的就是给自己和父亲买些冻土豆和发霉的干豌豆，还有掺着沙粒、发黑的面条，他老父亲比孙子们都活得长久。

尽管查伊姆·萨卡尔几个月来都没接近一只活禽，但他的大长袍依旧粘满了鹅绒，他的大宽沿帽上也闪着腻腻的油光，他那厚重的平头靴上也沾着屠宰场的斑斑血迹。两只小眼睛，既饥饿又忧惧，从他凌乱的眉毛下斜睨着。眼周的红眶让人想起那段每天晨祷后，他能就着一品脱伏特加，吃下一大盘鹅肝和水煮蛋的日子。现在，他一整天都在集市游荡，吸着肉铺的腥味和带着餐馆气味的空气，像只狗似的嗅来嗅去，有时在搬运工的手推车上打盹。他把捡来的垃圾装在一个篮筐里，到了晚上扔进炉子里生火。接着，他撸起盖在那长满汗毛的手臂上的袖子，在磨上把芜菁磨碎。这时，他父亲坐在敞开的厨房门口取暖，尽管那是仲夏时节。一本翻开的《密西拿》摊在他的膝盖上，他经常埋怨饥饿难耐。

好像所有一切都是他儿子的错，老人会忿忿地咕哝道："我再也受不了……这种折磨……”

他头都不从他的书上抬起来，这是一本关于“不洁”的书，他会指指他空荡荡的胃，然后自个儿继续咕哝，“不洁”这个词就像副歌一样一遍遍地反复出现。尽管他的眼睛已呈浑浊的蓝色，就像盲人一样，但他并不需要眼镜，他还剩下几颗牙，黄黄的，又像生锈的钉子般弯曲，他每天都以与入睡时一样的姿式醒来。只有在患了疝气时他才会感到不安，但这也没有阻止他拄着一根尖头拐杖，在华沙的大街上蹒跚而行，他把这拐杖称为他的“马儿”。每到一个会堂，他就会讲那些关于战争与魔鬼的故事，以及过去那种简单而富足的生活，那时人们一同在地窖里晾羊皮，用一根稻管直接从酒桶里喝酒。作为回报，雷布·墨舍·贝尔会得到些生胡萝卜，小萝卜片和芜菁。一吃完，他便用战抖的手拉拉稀薄胡须上的碎毛——还没变白——讲起匈牙利的事，那是七十多年前，他还和他岳父住在一起。“祷告一结束，我们便分到了一大瓶葡萄酒和一块牛肉，那儿还有煮鸡蛋、汤和又脆又美味的面条。”

面颊凹陷、衣衫褴褛，腰间系了根绳子的人们，站在他身边，向前弯着腰，嘴里垂涎三尺，品味着老人说的每一个字，眼中闪过贪羡的白光，好像老人确实坐在那儿大快朵颐。宗教学校的年轻学生，脸色因为节食而憔悴，眼睛像疯子那样恍惚游移，不安地在他们的手指上绕着长卷发，挤眉弄眼，好像在忍住腹痛，欣喜若狂地重复说：“那是好时光啊。天地会分人一杯羹，但我们现在一无所有。”

几个月来，雷布·墨舍·贝尔为了食物拖着脚四处奔波。后来，在夏末的某个晚上，他回到家后，发现他的长子查伊姆·萨卡尔躺在床上，生了病，光着脚，没穿长袍。查伊姆·萨卡尔的脸红得像做了蒸汽浴，他的胡子也打了结。一个住在附近的女人走了进来，摸了摸他的额头，叹息道：“命苦啊，他生了重病。他必须赶紧去医院。”

第二天一早，黑色救护车出现在院子里。查伊姆·萨卡尔被送去了医院。他的公寓被喷撒了碳酸。然后他的父亲被带去了消毒中心，在那儿，工作人员给他穿上白色长袍和木质鞋底的鞋子。几位保安跟他很熟，偷偷给他放了两人份的面包，还请他抽烟。当老人被允许离开消毒中心时，住棚节已经过去，他剃光了的下巴上盖着一块方巾。他的儿子已经死去很久，雷布·墨舍·贝尔为他吟诵悼文。现在他一个人住在公寓里，不得不从垃圾箱里捡纸张和木刨花为炉子生火。在火灰中，他烤着腐烂的土豆，这是他包在围巾里带回来的，在一只铁壶里，他煮着菊苣。他管理家务，捏上一点蜡，又在一圈蜡烛芯边沾上一点板油，做自己用的蜡烛，在厨房的水龙头下洗衬衣，然后把它挂在一根绳子上晾干。他每晚布好捕鼠器，第二天早晨把老鼠淹死。他出门时从不忘记把门上沉重的挂锁锁好。那个时候，华沙没人付房租。而且，他穿着他儿子的靴子和裤子。他那些研习室的老相识看见了就嫉妒他。“瞧他活得像个国王！”他们说，“他肯定继承了儿子的财富！”

冬天过得很艰难。这里没有煤炭，自从炉子中的几块瓷砖缺失了以后，每当老人生火时，屋子里就黑烟滚滚。到了十一月，一层蓝色的冰和雪花结在窗框上，一个个房间变得愈发昏暗了。一夜过去，床头柜上水壶中的水就冻住了。不管他往床上盖多少件衣服，他都不觉得暖和，他的脚都冻僵了，只要他打起瞌睡，叠着的衣服就会都掉到地上，他不得不光着身子爬下床去再重新整理床铺。没有煤油，连火柴也很奇缺。尽管他整篇整篇地背诵赞美诗，他还是睡不着。风，肆意地在屋中穿梭，一次次猛击房门，连老鼠都逃跑了。当他把他的衬衣挂上去晾干，衣服就变得又脆又易碎，就像玻璃。他不再洗澡，他的脸变得和煤块一样黑。他整天都坐在研习室里，在烧得火红的铁炉旁。书架上摆着的几本破书就像几叠破布，流浪汉站在锡面桌旁，形形色色的人们长着打结的长头发，肿胀的脚上裹着破布——这些人在战争中失去了一切，半裸着或衣衫褴褛，肩上背着袋子。一整天，孤儿在念悼词，女人三五成群地围着约柜，大声为病人祈祷，老人耳中充盈着她们的悲叹和恸哭。这间房子，昏暗又不透气，无数株纪念蜡烛燃烧着，飘荡着一股停尸房的气味。每当雷布·墨舍·贝尔耷拉着脑袋睡着了，他就会在炉子上烫到自己。每晚回家时他必须要人护送，因为他的鞋子带有鞋钉，他也害怕自己会在冰上滑倒。他房子里的其他房客都放弃了他。“可怜的人——他都要散架了。”

十二月的一天，雷布·墨舍·贝尔真的滑倒了，撞到了他的右臂。那个护送他回家的年轻人，背着雷布·墨舍·贝尔回了家。他把老人放在床上，也没为他脱下衣服，这个年轻人就逃跑了，好像他做了入室盗窃的行径。接下来两天，老人呻吟、呼救、啜泣，但没人出现。一天中有几次，他忏悔自己的罪过，祈祷自己快快死去，用左手捶击胸膛。白天，屋外一片寂静，好像人们都死光了，一束青绿色暮光从窗间透进屋子。晚上，他听见刮擦的声音，就好像一只猫想爬上墙，一阵空洞的咆哮好像还时不时从地下传来。黑暗中，老人想象他的床摆在房间中央，所有窗户都敞开着。第二天日落后，他以为他看见门突然被打开了，一匹背上披着黑布的马走进房间。它有一个驴那么长的脑袋，还长着数不清的眼睛。老人立刻知道这是死亡天使。他惊慌失措，从床上噼啪摔了下来，两个邻居闻声赶来。接着，院子里便一片喧腾。人群聚集，救护车也来了。当他恢复神志时，雷布·墨舍·贝尔发现自己身处一只暗箱之中，身上扎着绷带，还盖着被单。他确信这是他的棺材，但他担心没有后人为自己念吟悼词，这样的话，他坟墓的安宁就会受到打扰。突然间他想起他本准备念给审判天使杜玛[1]的诗，于是那青肿的脸上便浮起了死者般的微笑：

1　杜玛为拉比文学中的天使。

谁人将永生，不见死亡之事？

是否得救赎，从墓穴中爬出？

2

逾越节后，雷布·墨舍·贝尔就出了院。他完全康复了，胃口也和以前一样大，但依旧没什么吃的东西。他仅剩的财产全都被偷了，公寓里只剩墙皮剥落的墙壁。他想起乔泽弗，一个位于加利西亚[1]边的小村，在那里他住了五十年，还在图里斯克的哈西德派里享有尊名，因为他和老拉比私交甚密。他问自己是否还有可能回到那里，但那些他问询的人都只是耸耸肩，而每个人的说辞都不同。还有人告诉他乔泽弗早就被一把大火毁了。另外，一个流浪的乞丐，曾经去过那儿，说乔泽弗村现在可比以前要繁荣，居民就算在工作日也能吃到安息日白面包。但乔泽弗村是在奥地利的国境那边，每当雷布·墨舍·贝尔谈论起自己的旅行计划，人们都扬着胡子嘲讽地微笑着，还摇摇手。“别傻了，雷布·墨舍·贝尔。就算年轻人都不可能到那里的。”

但雷布·墨舍·贝尔饿极了。他在公共食堂吃的芜菁、胡萝卜和稀稀拉拉的汤，总让他觉得肚子空空。他整晚都梦见乔泽弗

1 加利西亚是旧地区名，在今波兰的东南境，第一次世界大战时，加利西亚区归奥匈帝国所有。

村的馅饼，塞着饱满的肉馅和洋葱，梦见用牛肚、牛腿、肥鸡肉和瘦牛肉做的可口肉丸。他一闭上眼，就发觉自己在某个婚宴或割礼宴。棕色的长面包堆在长桌上，图里斯克的哈西德派同胞穿着丝绸长袍，在无边小帽上戴着淡紫色高帽，一起跳着舞，手中拿着盛着白兰地的酒杯，唱道：

穷人为他的晚饭做什么？
甜菜汤和土豆！
甜菜汤和土豆！
快，快，跳跳跳！

他是这些宴会的首席承办人。他和酒家吵架，对音乐家要求苛刻，把关每一个细节，都没有时间吃东西，只得把宴会时间延长。他的嘴里垂涎三尺，他每早醒来，想到甚至在他的梦中都没吃上这些美味佳肴，他心中悲苦极了。他的心怦怦直跳，身体上盖上了一层冷汗。窗外的灯光看起来比平时更亮，而在早晨，矩形的阳光会在剥落的墙面上摇曳、旋转，好像反射着附近河流奔腾的水波。在崩裂的天花板上，枝形吊灯光秃秃的钩子周围，飞虫嗡嗡作响。清晨，凛冽的金色光线照亮窗框，飞鸟变形的影子总是映照在上面。乞丐和跛子们在楼下的院落里唱着歌，拉着旧提琴，吹着铜小号。雷布·墨舍·贝尔穿着衬衣从仅剩的床上爬了下来，为自己的脚和肚子取暖，看着那些穿着短衬裙的赤脚姑娘正在拍打红色的被褥。羽绒四下飞散，就像白色花朵，这儿还有一股腐烂稻草和焦油的熟悉气味。老人掰直他那弯曲的手指，竖起多毛的耳朵，仿佛在听远方的声音，他一遍遍想道，如果这个夏天他不能离开这里，那么他将永远回不去了。

“上帝会助我一臂之力的，”他对自己说，“如果他帮了我，我就会在乔泽弗的节日亭里好好吃一顿。”

先前，他浪费了太多时间听取别人的意见，他们让他申请护照，办理签证。他拍了照后，得到了一张黄卡，接着他就不得不和很多其他人一连数周等在奥地利领事馆外，领事馆坐落在维斯瓦河旁的一条弯曲的小街上。他们经常被人用德国话咒骂，并被蓄着胡子、抽着烟斗的士兵用枪托捶打。怀抱婴儿的妇女哭泣着晕倒了。有谣传说，签证只会发给妓女和事先已付了钱的人。雷布·墨舍·贝尔，每天日出时就去那里，坐在地上，对着书低下头，用磨碎了的芜菁和发霉的红心萝卜填肚子。但因为来领事馆的人越来越多，有一天他就干脆放弃了。他把自己的夹棉长袍卖给了一个小贩，买了一个长面包、一个用来放祈祷披肩和护身符的包，他还买了几本书以求好运。他计划偷渡，于是就徒步出发了。

他花了五周时间到达伊万哥罗德[1]。白天，趁着天色暖和，他

1　此地的伊万哥罗德是指今波兰东南部的城市德柏林，伊万哥罗德是它的俄国名称。

就赤着脚越过田野，他的靴子挂在肩上，一副农民打扮。他以没成熟的谷粒充饥，睡在粮仓里。德国宪兵队经常拦住他，花很长时间细细检查他的俄国护照，还要搜身看他是否带了违禁品，然后就放他走了。有好多次，他走着走着，觉得自己的肠子都要掉出来了，他躺倒在地，用手把它们塞回原位。在伊万哥罗德边的村庄，他遇到一群图里斯克的哈西德派信徒，他们大多很年轻。当他们听了他要去的地方和打算进入加利西亚时，他们都目瞪口呆，接着互相耳语了几句后，警告他说："在这种时刻，你是在冒险啊。他们随便说句话，你就会被送上绞刑架的。"

因为害怕和他交谈引起当局的怀疑，他们和他说了几句话后就让他走了。几天后，在那个村子里，人们偷偷地谈论说，一个老犹太人在路上的某个地方被捕了，行刑队一枪就毙了他。但雷布·墨舍·贝尔不仅活着，他还到了奥地利边境。长话短说，是一个农民把他带过去的，他藏在手推车上的一堆稻草下。这老人立刻向拉乔维奇进发。他在那儿染上了痢疾，在济贫院躺了几天。大家都觉得他要死了，但他却逐渐康复了。

现在，食物并不短缺了。主妇用荞麦粉和牛奶招待雷布·墨舍·贝尔，周六他甚至还能吃上冷冻的牛蹄，喝上一杯白兰地。他一有力气，就又立刻启程。这儿的路他很熟悉。在这一地区，农民还穿着白色亚麻外套，戴着带穗的四边形帽子，他们从过去五十年前就一直这样戴着。他们留着胡子，讲乌克兰语。在扎莫希奇，老人被捕了，还和另外两个年轻的农民一同被关进监狱。警察没收了他的背包。他拒绝外族的食物，每天只吃面包和喝水。每隔一天，他就被那司令官叫去，他直接对着老人的耳朵用嘶哑的声音吼叫，但雷布·墨舍·贝尔好像聋了一样。他什么都听不懂，只是一个劲地点头，想扑向司令官的脚边。这样的日子一直到新年过后，一直到了那时，扎莫希奇的犹太人才听说有个外国老头被关押在监狱。拉比和社区的头儿向司令官支付了一笔保释金，雷布·墨舍·贝尔才得以被释放。

雷布·墨舍·贝尔受邀留在扎莫希奇直到赎罪日后，但他断然拒绝。他在那儿过了一夜，随身带了些面包，在拂晓时又徒步朝毕尔格雷出发。他步履艰难地走过丰收的农田，挖些芜菁充饥，他在茂密的松树林中用饱满多汁的浆果提神，这些浆果长在潮湿的地方，被当地叫作"瓦拉基"。一辆马车捎了他大约一英里的路程。在离毕尔格雷还有几英里的地方，他被几个牧羊人拽下车，摔倒在地，他们脱下他的靴子跑了。

雷布·墨舍·贝尔再次赤脚赶路，因为这个原因，他在深夜才到达毕尔格雷。有几个流浪汉在研习室过夜，他们不让他进去，他只好坐在台阶上，疲惫的头枕在膝盖上。秋夜，清净又寒冷，在昏黄的、散发着微弱光芒的星空的映衬下，一群山羊无声地融入了景色，从会堂院子里堆起来过冬的木头上剥下树皮。一只猫头鹰好像在抱怨无法忘却的悲伤，用女人似的声音呜咽着，一会儿陷入沉静，一会儿又重新开始，一遍又一遍。手持木灯笼的人在清晨时来做晨祷。他们把老人领进屋子，安置在火炉旁边，还从柜子里拿出一条曾被丢弃的祈祷披肩给他披上。过了一会儿，他们给了他一双带鞋钉的重重粗革军靴。靴子夹得老人的脚生疼，但雷布·墨舍·贝尔坚持要遵守乔泽弗的赎罪日斋戒规矩，而赎罪日还有一天就到了。

他早早地出发。旅程还剩不到四英里，但他想在清晨到达，可以赶上晨祷。然而，他一离开小镇，他那双坚硬的靴子就弄得他双脚疼痛，让他一步都走不了。他不得不又脱下靴子，光脚赶路。接着，电闪雷鸣，天空落下瓢泼大雨。水坑里的水没上他的膝盖，他踉踉跄跄，身上沾满污泥。他的脚肿了起来，还流了血。他在露天的干草堆里过夜，冻得无法入睡。到了乔泽弗附近的几个村子，狗一直在吠叫，雨无穷无尽地下着。雷布·墨舍·贝尔确信自己末日来临了。他向上帝祈祷宽恕，这样他也许就能升上天堂、净化所有的罪恶。后来，在东方的地平线，云彩的边缘开始发光，晨雾显出牛奶般的白色，雷布·墨舍·贝尔又一次觉得自己充满力量，再次启程前往乔泽弗。

他到达图里斯克时，正好碰上哈西德派的惯常聚会，他喝了白兰地，吃了蛋糕。有几个人一下就认出了这个新来的人，接着就是一阵狂喜，因为他们以为他早就死了。他们给他端来热茶。他快速地念完祷词，吃了一片沾着蜂蜜的白面包、新鲜鲤鱼做的鱼丸和面团，喝了几杯白兰地。接着他被带去做了蒸汽浴，他们用两束嫩枝为他拍打了背，这时，老人开心得落下了眼泪。

赎罪日这天，有好几次，他都差点昏过去，但他仍然坚持到结束。第二天早晨，图里斯克的哈西德派给他穿上新衣服，并让他研读律法书，他们都过得很富裕，因为他们和波斯尼亚人与匈牙利士兵做生意，还运面粉去加利西亚，换来走私的烟草。资助雷布·墨舍·贝尔根本不算什么难事。图里斯克的哈西德派教徒也知道他是什么人——一个曾坐在桌前、不亚于切尔诺贝尔的雷布·莫特尔！其实，他曾是那个赫赫有名的传奇拉比的座上客！

几周后，图里斯克的哈西德派、木材商，为了羞辱他们那不共戴天的敌人，桑泽哈西德派[1]，大兴土木，为雷布·墨舍·贝尔造了栋房子，还把一个老姑娘嫁给了他，她是村里一个四十岁上下的聋哑妇女。

刚好过了九个月后，她生了个儿子——现在他有后人为他念悼词了。就像是一场婚礼，乐师在割礼宴上奏起乐曲。家境富裕的主妇烤了蛋糕，还照顾着那个母亲。举行宴会的地方是图里斯克的聚会堂，散发着一股肉桂、西红花，以及女人们最好的安息日行头的香味。雷布·墨舍·贝尔穿了一件新缎袍，戴着一顶高高的淡紫色帽子。他在桌上翩翩起舞，这下，他第一次提到了自

1 桑泽哈西德派，是哈西德派（正统派犹太教）的一支，在大约1830年时成立，其建立者倡导苦修。

己的年龄：

“亚伯拉罕在一百岁时，”他吟诵道，“儿子以撒才出生。他的妻子撒拉说道：‘上帝叫我欢笑，而听到这笑声的人，将和我一同欢笑。’”

他给他的儿子取名以撒。

火*

1

我想给你讲个故事。这可不是书上看来的——而是我的亲身经历，这些年，我一直把这个故事藏在心中，从未对外人说起，但我现在知道我不可能活着离开济贫院了。他们定会把我直接从这儿拉到太平间。所以，我现在想把这真相大白于天下。本来，我想让拉比和镇上的长辈来这儿一趟，让他们把这事儿记载在社区历史上，但为何要让我哥哥的孩子和孙子们尴尬呢？来，请听我的故事。

---

* 本篇英语由诺伯特·古德曼（Norbert Guterman）翻译。

我来自扎莫希奇边上的小村镇亚努夫[1]。因为一些显而易见的原因，我们都管那地方叫“穷人王国”。我的父亲——愿上帝保佑他——生了七个孩子，但是有五个夭折了。三个儿子和两个女儿！他们长得像橡树那样结实强壮，却不知咋的突然垮了。是发烧一个接一个地夺走了他们的性命。当查伊姆·约拿，最小的儿子，死了之后，我母亲——愿天堂中的她为我说情——就如蜡烛一样悄然熄灭。她没生病，只是不吃不喝，整日躺在床上。邻居们来串门，问：“贝莉·利夫科，你怎么啦？”她便说：“没事儿，我只是快要死了。”医生进来为她放了血，做了拔罐，又用了水蛭，为她驱魔，甚至用尿为她擦身子，但什么起色也没有，她就在床上日渐消瘦，直到最后，简直就剩了一把皮包骨。当她为自己的罪过忏悔时，她把我叫到床前，说：“你的哥哥利普会在这世界上闯出一条出路的，但是你，雷布斯，我真替你担心。”

我父亲从来不喜欢我。我也不知道为什么这样。利普长得比我高，和母亲家里的人长得挺像的。尽管他不怎么用功，但在学校里也是个聪明的学生。而我呢，虽然努力学习，却无济于事。不管听到什么，我都是一只耳朵进一只耳朵出。但即使这样，读《圣经》，我却是十分上手的，很快，我就被儿童宗教学校开除了。

1　即亚涅夫。

就像一句古话说的，所谓“父亲的宠儿”，说的正是我哥哥利普这样的人。当他做错了什么事，父亲睁一只眼闭一只眼，而我却一丁点儿小错误都犯不得。他还有一双大手，每次扇得我眼冒金星，都看见了死去的祖母，反正我记得的所有就是这样。就算我犯了最轻微的错，皮带就抽了过来。他打得我身上青一块紫一块的，嘴上命令道：“不准来这，不准去那。”比如说吧，在会堂中，其他男孩们都在祷告时胡闹，可是如果我少说了句“阿门”，我就会得到“奖赏”。在家，苦力活也全都是我干的。我们有个手推磨，我一整天都在磨荞麦粉，我还既挑水又劈柴，负责生火，里里外外地打扫外屋和厕所。母亲在世时，她会保护我，但她死后，我简直就成了养子。你们别以为我好像情愿逆来顺受似的，但我又能怎么办呢？我哥哥利普把我使唤得团团转——“雷布斯，做这；雷布斯，做那。”——他自己有一圈狐朋狗友，他还爱喝酒，经常在酒馆里鬼混。

我们镇里有个俏妞儿叫海薇尔。她父亲是布店老板，手头宽裕，正准备物色个女婿。我哥哥这时就想出了个鬼点子，小心翼翼地给人家下了套，他付了媒人一笔钱，让人别为她说亲，到处造谣说她家里有个人已上吊自尽。他朋友也在边上煽风点火，他还请他的朋友吃罂粟籽蛋糕、喝白兰地。对他来说，钱不是什么问题。每当他需要钱，只要打开父亲的抽屉拿就行。最后，海薇尔父亲被击败，只得把女儿许配给我哥哥利普。

整个镇子的人都在庆祝这场订婚。一般而言，新郎不需要出彩礼，但利普还是说服父亲掏出两百盾给他，他为自己量身定做了身地主般的行头。婚礼那天，请了两支乐队，一支是我们亚努夫村的，还有一支来自毕尔格雷。这是他惯常的开场派头。但他的弟弟就没这么好的待遇了——他连一条新裤子都穿不上，尽管婚礼之前，父亲承诺过给我买新衣服，但是他一拖再拖，待到他买好布料已来不及给我做身新衣服了。没办法，我只能穿着破衣服参加婚礼。在场的女孩们都对着我起哄。我运气真坏。

我本以为我会走其他兄弟姐妹们的老路。但这就是我的命，我死也没死成。利普结了婚，他可一帆风顺了，成了个成功的粮商。亚努夫附近有个水磨，属于雷布·伊斯雷尔·大卫的财产，他是玛卡的儿子，又有一副好心肠，伊斯雷尔·大卫很中意我哥哥，便把水磨贱卖给了我哥哥。我可不知道为什么他要把水磨卖了，有人说他要到圣地去，也有人说他要去匈牙利投靠几个亲戚。不管这其中的缘由是什么，卖了水磨没多久，他便去世了。

海薇尔接连生了好几个孩子，一个比一个漂亮。他们个个都无比可爱，大家都纷纷过来看他们。父亲给了利普一笔钱，他自己的生意就一落千丈，最后，他的生意全垮了，他分文不剩。可是如果你觉得利普会对父亲伸出援助之手，那你可大错特错了，对父亲的挫折，利普不闻不问，父亲就把他的凄苦发泄在我身上。

我不知道他为什么这么憎恨我。有时候做父亲的是会对自己的孩子怀有深仇大恨的。无论我说什么，全都错，无论我做多少，都不够。

后来，父亲就生病了，大家都知道他的日子快到头了。我哥哥利普忙于挣钱，根本没空管他。我便独自照料父亲，每天为他倒便盆的是我，每天为他擦身梳洗的也是我。他最后吃不进任何东西了，无论吃什么都吐出来。疾病亦蔓延到了他的腿部，他也走不了路了。我得把他需要的一切都弄好，但每当他看见我，他都好像觉得我是污物似的。有时，为了照顾他我累得筋疲力尽，真想逃到天涯海角，离他远远的，可是你又怎么能扔下自己的父亲呢？于是我只得默不吭声地继续忍受。他临终前的最后几周简直是地狱。他一个劲地咕哝、咒骂。我从未听到过比这更可怖的诅咒了。利普每周会来探望两次，笑眯眯地问道：“你怎么样，父亲？没好些吗？”父亲一看到他，两眼就发光。我已原谅他，愿上帝也宽恕他吧：一个人有自知之明吗？

他在床上挨了两周才死去，我无法形容他经历的巨大痛苦。他每次睁开眼睛，都怒气冲冲地盯着我。葬礼之后，我们在他的枕头下找到了遗书，所有财产都留给了哥哥——房子、手推磨、橱柜、抽屉柜，甚至盘子，而我一无所有。村人们知道后，都大吃一惊，说这份遗愿不合法。在法典中有过一个先例，因此大家建议利普把房子让给我，但是他只是笑了笑，很快就把房子卖了，把手推磨和其他的东西也搬回了自己的房子，只给我留了个枕头。这便是不折不扣的真相。愿我去到上帝跟前时，我还依然能保持纯洁之心！

我开始给一个木匠打杂，勉强糊口。我在棚子里过夜，利普忘了他还有个弟弟。可是，你觉得是谁为父亲念悼词呢？总有某些个原因不能是利普吧：我住在镇上，他来念悼词的话，他的厂里便人手不够了，他家离会堂太远，周六就来不了。起先，人们还为我遭受的待遇愤愤不平，但很快人们就说，利普肯定有自己的苦衷吧，一个人一旦失意，人人都喜欢来踩一脚。

我年纪也不小了，但依然还是个光棍。我都长出了胡子，可还是没人想为我提亲。来我这说的媒人，介绍的全都是些歪瓜裂枣。但我何必否认呢，我的的确确爱上了一个女孩。她是鞋匠家的女儿，我经常看她倒脏水。但她和一个鞋匠好上了。谁想嫁给一个孤儿呀？我又不是傻子。真伤人心啊。有时候，晚上我都睡不着觉。我在床上辗转反侧，好像发了烧。怎么回事？我对父亲到底造了什么孽？我决定不再为父亲念悼词了，但这一年又几乎快过完了。何况，你怎么能报复死了的人呢？

唉，我来告诉你怎么回事吧。

某个周五晚上，我躺在棚里的一堆木刨花上。我一直勤勤恳恳。那些日子，我每天清晨而起，蜡烛的钱是从我们的工资里扣的。我甚至没时间去浴室洗澡，周五我们一般没中饭吃，因为要为安息日的晚餐留好胃口，但晚餐的时候，木匠老婆总亏待我，总是给我少盛食物。其他每个人都分到了鱼身上好吃的部位，而我则得到了鱼尾巴。吃第一口时，我就被鱼骨头给卡住了，汤也是水水的、稀稀的，我分到了鸡腿和几个肉串。不仅硬得难以下咽，而且你咽下去后，《塔木德》书上说，你的记忆力还会减退。我甚至没有足够的白面包，至于其他糖果点心什么的，我更没尝过。我只得饿着肚子去睡觉。

此时正是冬天，我的棚屋里很冷。还有可恶的老鼠一直在叽叽吱吱。我躺在木刨花上，用破布当被子，简直怒火中烧。我现在只想亲手把我的哥哥利普给掐死。海薇尔的身影也浮现在脑海中。你也许期望你的嫂嫂会比哥哥稍微善良一些，但她永远只顾着自己和那堆小娃娃。她穿衣服的风格就像一位实实在在的贵妇，偶尔来会堂参加婚礼时，她还戴着一顶带羽毛的帽子。不管我去哪儿，人们都会和我说，利普和海薇尔是怎样奢侈浪费、大手大脚买东买西，好像他们每天只顾打扮自己就成了。她给自己买了件黄鼠狼毛做的皮毛大衣，还有狐狸毛大衣。我像条狗一样躺在一边，肚子饿得咕咕叫的时候，她盛装出行，招摇过市。我诅咒他俩不得好死。我祈祷上帝对他们一家降下瘟疫，或者其他别的狠毒计谋……就这样，我慢慢睡着了。

我又在午夜里醒来，我觉得我必须报仇雪恨。好像有什么魔鬼一把抓住我的头发，对我吼道："雷布斯，你该一雪前耻啦！"我一跃而起，黑暗中发现了一只麻袋，就用木刨花将它装满。安息日可不准发生这样的事，但我被仇恨冲昏了头脑，竟忘了自己的信仰：当时我肯定恶灵附身了。我蹑手蹑脚地穿上衣服，带上这个装满木刨花的袋子、两块打火石和一根蜡烛芯，就这样悄悄地溜了出去。我要在我哥哥家放一把火，把他的磨坊啊粮仓啊全给烧了。

这真是个伸手不见五指的黑夜，我得走很长的路。我绕开镇子，横穿泥泞的牧地，越过田野和草地。我知道我将失去一切——这现世和来世。我甚至想到母亲躺在墓中：她会说什么呢？可是，你一旦疯了，就身不由己了啊。俗话说，千万别和自己过不去。我甚至不怕撞见某个熟人。我真的丧心病狂了。

我走啊走。寒风呼啸，冷意蚀骨。我陷入及膝的积雪中，刚从一条沟里爬出来，又落进另一个深坑里去。就在我经过一个叫"松林"的小村庄时，好几条狗朝我袭来。你知道那情景：只要一条狗开叫，其余的全都加入其中。一群狗追赶着我，我想这下我要被撕咬个四分五裂了。农民们惊醒后并没把我当成马贼，这算得上是奇迹了，否则他们会将我就地正法。当时我差点半途而废，我真想扔了袋子，赶回棚子睡觉去。或者干脆一逃了之，但附身于我的恶灵一个劲地煽动我："赶紧动手，否则永无机会！"于是，我在雪地上继续艰难地走着。虽说木刨花不重，但你长时间背着这满满的一袋，就会觉得它挺沉的。我开始出汗，但我冒着生命危险继续前行。

来听听下面这一巧合吧。

走着走着，我突然望见一道冲天红光。难道已到了黎明时刻？不，好像不可能。现在还是初冬，夜晚可长着呢。现在，我离磨坊很近了，便加快了脚步，几乎跑了过去。好吧，长话短说，当我到了的时候，磨坊起火了。你能想象吗？我是来放火的，但是这儿却已经着起火来。我呆若木鸡，僵直地傻站着，脑袋天旋地转，好像我发了疯。也许我的确是发疯了：我扔下装满木刨花的袋子就开始呼救。正要冲向磨坊时却想起了我的哥哥、还有他那一家子，于是我向屋子跑去。那简直就像燃烧的地狱。他们好像都被烟熏昏了。房梁也在熊熊燃烧，和西姆查斯日那会儿一般明亮。屋子里就像个大烤炉，我向卧室冲去，砸碎了窗户，抓起我哥哥就把他扔到外面的雪地里，还有他的妻子、孩子们，我也一一救了出来。我都快窒息而死了，但他们安然无恙。就在他们都脱险时，屋顶一下就塌了下来。我的叫喊声惊醒了附近的农民们，他们急忙忙地赶过来，唤醒了晕过去的我哥哥一家。屋子烧得只剩下烟囱和一堆灰烬，农民们齐心协力扑灭了磨坊中的大火。慌乱中，我瞥到了我那袋木刨花，一把将它扔进火里。我哥哥一家暂且安顿在邻居那儿。到一切都尘埃落定时，已是翌日早晨。

我哥哥张口就问："这是怎么回事？你怎么会来这儿？"我的嫂子呼地冲到我面前，想抠挖我的眼。"都是他干的！是他放的火！"农民们也质问我："你来这儿干吗？"我不知说什么为好。他们一齐用棍棒揍我。就在我被打得奄奄一息时，我哥哥手一扬，说："别打了，各位。这都是天意，上帝自会惩罚他的。"说罢他朝我脸上吐了口口水。

我历经千辛万苦回到了家。我走不了路，几乎是把自己拖拽到家的。就像一只跛残动物，我一路手脚并用爬回了家。好多次，我在雪地里停下来为伤口降温。回家后，我的麻烦才真正开始。大家问我："你去了哪儿？你怎么知道你哥哥的家着火了？"后来他们得知我是嫌疑人。我的老板发现少了一只麻袋后，就来到我住的棚屋，掀了屋顶。亚努夫人都说是我烧了我哥哥的房子，在安息日都干这种坏事。

情况已糟得不能再糟了。恐怕我会锒铛入狱，或戴着枷在会堂庭院里示众，我可等不了了，得赶紧跑路。一个同情我的马夫在周六晚上驾车把我送到扎莫希奇，他不捎客，只运货，我便挤在那些木桶之间。纵火的故事传到扎莫希奇后，我便逃到卢布林，在那儿我成了个木匠，结了婚。我老婆没给我生孩子，我很勤劳，但时运不济。我哥哥利普成了百万富翁——亚努夫村的一半都是他的财产——但是我从未有过他的运气。他的孩子们也嫁给了拉比或富有商。他已不在人世——他被财富和荣耀压垮了。

直到现在，我都没和其他人讲过这个故事。谁会相信呢？我甚至隐瞒了我是亚努夫人。一直以来我都说我来自谢布利辛。现在我快死了，又何必说谎呢？我讲的故事千真万确。在我见到上帝之前，只有一件事我不明白，永远不会明白：为什么偏偏在那个夜晚，我哥哥的房子非着火不可呢？前些日子，我突然想到，也许是我的愤怒才导致那场火灾的吧。你怎么看呢？

“愤怒可点不着房子。”

“我知道……但不是有个说法叫‘怒火’吗？”

“噢，那只不过是一种说法罢了。”

好吧，我一看见那火，就忘了一切，只想冲过去救他们。没有我，他们一家早就化为灰烬啦。现在，我就要死啦，就让这真相大白于天下吧。

隐身人*

1

内森和泰梅尔

他们说我这样的小邪灵，来到地上后是为了诱人犯罪，接着就会升到天堂去指控他们。实际上，我也是给那些罪人提供犯罪冲动的家伙，但我作祟十分巧妙，会让罪恶表现得像一种善事。因此，其他异教徒，无法从别人犯罪的事例中得到教训，继续沉沦在深渊之中。

不过让我给你讲个故事。曾经有个人住在弗兰波尔，以他的

---

* 本篇英语由诺伯特·古德曼（Norbert Guterman）、伊莱恩·戈特利布（Elaine Gottlieb）翻译。

富有、奢侈而闻名。他叫内森·乔泽弗维尔，因为他出生在小乔泽弗村，娶了个弗兰波尔镇的女子，就在这儿安了家。雷布·内森，在这故事发生时，已六十岁了，可能还更老些。生得矮，骨架宽，他和大多数富人一样，大腹便便。脸颊通红得像葡萄酒，在两簇短短的黑胡子间显现。在眨巴的小眼睛上，他的眉毛又厚又乱。他这辈子，都在吃喝玩乐。早晨，妻子为他准备了冷烤鸡和葡萄干面包，他就像个大地主，就着一杯蜂蜜酒，把这些食物吃了个精光。他格外热爱美食，尤其喜欢烤乳鸽、鱼子酱鸽脖、肝馅烙饼、肉汤鸡蛋面等。镇里的人悄悄议论，说他妻子罗伊丝·泰梅尔每天都为他做面条布丁，如果他愿意的话，还在周三、周四就准备安息日晚餐。其实，她也喜欢放纵自己。

家境富裕又膝下无子，夫妻俩显然认为应当过得快快活活。因此他们两个变得又懒又胖。午餐后，他们关上卧室的百叶窗，在羽绒床上打呼噜，就好像到了深夜。冬夜漫长，长如犹太人的流亡之路，他们会爬下床，边喝甜菜汤或苹果汁，边吃鸡胗、鸡肝、果酱。然后，又爬上他们那装着华盖的大床，继续做第二天麦片粥的美梦。

雷布·内森很少花时间在他的粮食生意上，一直让它自己运行。一个装着两扇橡木门的大粮仓伫立在他家屋子后边，那是他从岳父那里继承的。院子里也有许多谷仓、牲口棚和其他建筑。就算其他商人可能会出更高的价，许多住在城镇周围村庄的老农只把粮食和亚麻卖给内森，因为他们信任内森诚实的人品。他从没让任何人空手而归，有时甚至会预付来年的收成款。出于感激，淳朴的农民会给他送些森林里的木柴，他们的妻子会采些蘑菇和浆果送给他。一个年迈的女佣，在年轻时成了寡妇，为内森照看房子，甚至还在生意上搭把手。整整一周中，除了赶集日之外，内森不必为活计动一根手指。

他喜欢穿着好看的衣裳给别人讲故事。夏天，他会在自家果园中果树之间的一张床上小睡，要么读意第绪语的《圣经》，要么只读故事书。他喜欢在安息日去听祭司的布道，偶尔也会邀请一位穷人来家里做客。他有很多消遣方式：比如，他喜欢让妻子罗伊丝·泰梅尔挠他的脚，而她总是随叫随到。据传言，他和妻子会在自家庭院中的浴室里一起洗澡。他穿着一件绣着花叶的丝绸长袍和蓬蓬的拖鞋，会在下午在门廊里散步，还抽着一根琥珀烟斗。路过的人同他打招呼，他也友好地回应。有时他会拦下一个过路的女孩，向她问这问那，然后讲个笑话便把她打发走了。周六读完《佩里克》[1]，他会和女人一起坐在长凳上，吃些小坚果或南瓜籽，听她们闲扯，说一些他自己和地主、祭司、拉比相处的故事。他年轻时交游甚广，去过克拉科夫、布罗迪和但泽。

罗伊丝·泰梅尔和她丈夫几乎一模一样。俗话说得好：夫妻

1 《佩里克》是一个古老的犹太文本，现存有许多版本，有些与德系犹太人有关，有些与西班牙系犹太人有关，有些与米兹拉希犹太人有关。

共一枕，最终共一头。小个子，身材丰腴，她有张和年龄不符的圆满通红的脸，以及一张十分健谈的小嘴。凭着对希伯来文的一知半解，她勉勉强强读懂了祈祷书，这让她在祈祷室的女士区有坐在头位的权利。她经常领新娘去会堂，也主持割礼宴，偶尔也为穷人家的女孩募集嫁妆。虽然她是个富有的女人，但她能为病人拔罐，能熟练杀鸡。她还会刺绣编织等针线活。她有数不清的珠宝、裙子、大衣和皮草，这些她都放在橡木衣橱里，防备飞蛾和小偷。

因她亲切和蔼，她很受肉铺和净浴室的欢迎，不管她去哪儿，人们都对她很好。她唯一的遗憾就是没有孩子。为了弥补这缺憾，她为慈善出了很多力，聘请了一位虔诚的学者在她死后为她祈祷。她以存钱为乐，已经存了许多年，这些钱都被藏在一个包里的某个地方，有时她还喜欢数金币。然而，由于她要什么内森就会给什么，她就不知道如何花这笔钱。尽管他知道她存私房钱，但他假装不知情，明白“偷来的水喝起来更甜”，更不会因为她这点人畜无害的小把戏而口出怨言。

2

女佣希芙拉·泽瑞尔

有一天，他们的老仆人突发疾病去世。内森和他的妻子都十分伤心，不仅因为他们已经习惯了她，她几乎成了他们的亲人，而且她为人诚实、勤奋、忠诚，找人替代她是不容易的。内森和罗伊丝·泰梅尔在她的坟前哭了，内森还念了悼词。他答应三十天的服丧期过后，就驾着马车去亚努夫，为她订购一块她应得的墓碑。事实上，内森并没有因为她的死而有所损失。由于很少花自己的工钱，又没有家庭，她把一切都留给了雇主。

葬礼一结束，罗伊丝·泰梅尔便开始物色新用人，可怎么也找不到能与上任女佣相比的。弗兰波尔的女孩不仅懒惰，而且也不会烤面包，无法让罗伊丝·泰梅尔心满意足。人们推荐了各式各样的寡妇、离婚女人和弃妇，但没人达到罗伊丝·泰梅尔设定的标准。对每个来家里应聘的女佣，罗伊丝都会问她们是否会杀鱼、做罗宋汤、烤酥饼、做鸡蛋饼干等，当牛奶和罗宋汤酸了，当烤鸡烤得太硬、肉汤里油太多、安息日的布丁做过头、粥煲得太稀或太稠怎么办，还有一些其他刁难人的问题。不知所措的女孩会说不出话，悻悻离开。几个星期就这样过去，娇生惯养的罗伊丝·泰梅尔不得不做所有的家务，她完全明白吃饭比做饭容易。

就这样，我，这位引诱者，不能袖手旁观，看着内森和他的妻子忍饥挨饿。我为他们送去一个仆人，这可是惊喜之外的惊喜。

她是扎莫希奇本地人，还在卢布林的富人家做过事。尽管起初她拒绝——就算人们付给她和她体重等重的金子——拒绝来弗兰波尔这样不起眼的小地方，但众人都来劝她，罗伊丝·泰梅尔也同意支付比她先前更多的工资，于是希芙拉·泽瑞尔就决定接下这份活儿。

新东家专门派了辆马车去扎莫希奇接她和她的大堆行李，她携带手提箱、篮子和背包来了，俨然像个富有的新娘。虽然她已经二十大几岁了，但看上去只有十八九岁的样子。头发编成两条辫子，盘绕在头的两侧，她披着一条方格披肩，配着流苏，穿一条粗呢连衣裙和一双窄跟鞋。狼一样的尖下巴，薄嘴唇，目光机灵而放肆。她戴着耳环，脖子上戴着一条珊瑚珠项链。一来到这，她就挑起弗兰波尔这乡下地方的错，井水嘛一股泥土味道，手工面包呢粗里粗糙。第一天，罗伊丝·泰梅尔端上了煮熟的汤，她用汤匙喝了一滴，做了个鬼脸，抱怨道："这汤又酸又臭！"

她要一个犹太或外族女孩给她打下手，于是罗伊丝·泰梅尔费了好大的劲，找了个外邦女孩，这个强壮的女孩是浴室服务员的女儿。希芙拉·泽瑞尔开始发号施令。她让女孩擦地板、清理火炉、清扫角落里的蜘蛛网，并建议罗伊丝·泰梅尔把多余的家具，各种破椅子、破凳子、破桌子和破柜子全都扔了。窗户擦干净了，沾满灰尘的窗帘也被拆了下来，整个屋子变得更亮堂宽敞。她做的第一顿饭让罗伊丝·泰梅尔和内森吃了一惊。就算皇帝也不能再要个更好的御厨了。开胃菜是牛肺和牛肝做的，半煎半煮，在肉汤前上桌，它的香味挠着他们的鼻孔。汤是用弗兰波尔难得一见的香草调的味，像红辣椒和刺山柑这样，显然都是新用人从扎莫希奇带来的。甜品是苹果酱、葡萄干和杏仁混合做成的，加以肉桂、藏红花和丁香增香，它的芳香飘得满屋子都是。接着，像卢布林那些富人家那样，她准备了混着菊苣粉的黑咖啡。午饭后，内森和他的妻子准备和平时一样小睡，但希芙拉·泽瑞尔警告说饭后立刻睡觉是不健康的，因为水汽会从胃部涌进大脑。她建议她的主人们在院子里来来回回散会儿步。内森饱餐一顿，咖啡冲昏了脑袋。他摇摇晃晃，嘴里不断重复："好吧，我亲爱的妻子，难道她不是个宝贝吗？

"我希望没人会把她带走。"罗伊丝·泰梅尔说。她知道人们是多么善妒，她害怕邪恶的目光，或有人出更高的薪水。

没必要细说希芙拉·泽瑞尔做的美味佳肴，烤的海绵蛋糕和小圆饼，她准备的开胃菜了。邻居发现内森的家和院子焕然一新。希芙拉·泽瑞尔粉刷了外墙，清洗了棚屋和贮藏室，还请了一位园丁播下花种、修缮篱笆和门廊的栏杆。她比起女佣更像一家之主，管持一切事务。周六，当希芙拉·泽瑞尔穿着羊毛裙和尖头鞋，做好炖菜晚餐后出去散步时，不仅那些做普工的和穷人家的女孩，还有家境良好的年轻人也盯着她看。她仪态优美地提着裙子，走在路上，昂首阔步。她的助手，那个浴室服务员的女儿，拿着一袋水果和饼干跟在她身后，因为犹太人不能在安息日随身携带包裹。女人们坐在自家门口的长凳上看着她走过，摇了摇头。

“她可真神气，像个地主婆！”她们如此评价，还说她在弗兰波尔肯定待不长久。

3

诱惑

某个礼拜二，当罗伊丝·泰梅尔去亚努夫探望她那生病的姐姐时，内森让那个外族女孩为他准备蒸汽浴。他的四肢从早上开始作痛，他知道唯一的疗法就是痛快地出次汗。在砖块围着的火炉里放了许多木柴后，女孩生了火，又在浴缸里放满水，就回到厨房去了。

炉火熄灭时，内森脱了衣服，然后往烧得通红的砖块上浇了盆水。整个浴室都充满水汽。内森顺着楼梯爬到高架子上，那儿的水汽是最浓最热的，他用一把事先准备好的嫩枝拍打身体。通常，罗伊丝·泰梅尔会帮他做这个。他在汗蒸时，她往他身上倒水，轮到她汗蒸时，他来倒水。他们都用两条树枝互相拍打过后，罗伊丝·泰梅尔就会帮他洗澡，用木块给他揉搓，给他梳头。但这次罗伊丝·泰梅尔必须去亚努夫看她生病的姐姐，内森觉得等她回来也不算明智，因为姐姐年纪大了、大限将至，于是罗伊丝·泰梅尔就必须要在那里待上七天。他以前从来没有一个人洗过澡。像往常一样，蒸汽很快就消散了。内森想下去往砖头上浇更多的水，但是他的腿很沉重，而且他很懒。他挺着肚子、四脚朝天地仰躺，用树枝拍打自己，揉捏膝盖和关节，盯着被烟熏黑的天花板上弯曲的横梁。透过一道裂缝，凝视着一隅明净的天空。那时是厄路耳月，忧郁的情绪漫上内森的心头。他记得那个姐姐是一个充满活力的年轻女子，现在她已奄奄一息了。他突然想到，将来有一天他再也吃不到杏仁饼也睡不了羽绒被，他也会被安置在昏暗的坟墓里，他的眼睛被泥土覆盖，蠕虫会啃食这具他的妻子罗伊丝·泰梅尔侍奉了将近五十年的身体。

内森挺着个肚子躺在那儿，在探究自己的灵魂，这时他突然听见链条叮当的响声，门也嘎吱作响。他环顾四周，惊奇地看见希芙拉·泽瑞尔走了进来。她光着脚，头上围着一块白色手巾，只穿了一件衣服。他倒吸一口气，大叫道："不！"同时想赶紧遮住自己的身体。他又急又乱、摇着头，让她离开，但希芙拉·泽瑞尔说："别害怕，主人。我不会吃了你。"

她往那些滚烫的砖块上浇了桶水。房间里满是咝咝的水声，白色的雾气很快升腾，侵灼着内森的身躯。然后希芙拉·泽瑞尔爬上台阶，抓着嫩枝开始拍打他。他惊讶得说不出话。他噎住了，几乎从湿滑的架子上滚下来。希芙拉·泽瑞尔继续使劲拍打他，还用一块自己带来的肥皂给他擦洗。终于，他恢复镇静，嘶哑着说："你怎么了？不知羞耻！"

“这有什么好羞耻的？”女佣轻快地问道，“我可没想让您受害……”

她花了很长时间给他梳头按摩，给他用肥皂擦身，给他冲水，内森不得不承认这个恶魔般的女人比罗伊丝·泰梅尔能干。她的手更顺滑，在他的身体上随意搔弄激起他的欲望。他很快忘记了这是厄路耳月，赎罪日马上要到了。他让女佣插上木门闩。接着，用发颤的声音，他提出了请求。

“不可能，这不可能！”女佣斩钉截铁地说，往他身上泼了桶水。

“为什么不？”他问，他的脖子、肚子、脑袋、他的四肢都滴着水。

“因为我是属于我丈夫的。”

“你哪来的丈夫？”

“总有一天我会有个丈夫的，上帝保佑。”

“来吧，希芙拉·泽瑞尔，”他说，“我要送你一件礼物——一条珊瑚珠项链，或者一枚胸针。”

“你在白费口舌，”她说。

“至少得来个吻！”他恳求说。

“一个吻得二十五枚，”希芙拉·泽瑞尔说。

“二十五个格罗希还是银币？”内森急切地问，而希芙拉·泽瑞尔很快回答说：“二十五个盾。”

内森想了想。二十五个盾可不是个小数目。但我，这个小魔鬼，提醒他说人生无常，少留几个金币也无妨。因此，他同意了。

希芙拉·泽瑞尔弯下腰，用胳膊环着他的脖子，吻了他的嘴唇。半吻半咬，他透不过气来。他心中激起了情欲。他下不了床，因为他的手臂和腿脚颤抖得厉害，希芙拉·泽瑞尔不得不扶他下床，甚至还帮他穿上了睡袍。“这么说来，你就是那种……”内森咕哝道。

“可别折辱我，雷布·内森，”她责备道，“我还是个处女。”

“纯洁得像个猪蹄子。”内森想。他为她打开房门。过了一会儿，他焦急地东张西望，确认他没被人看见后，也离开了。“想不到会发生这种事！”他低声说，“无耻至极！名副其实的婊子！”他决心再也不要和她有任何瓜葛。

4

纷乱之夜

内森晚上躺在鸭绒床垫上，身上裹着一条丝绸毯，头靠着三个枕头，可他的睡眠被我的妻子莉莉丝和她的同伙们剥夺了。他脱了衣服，但神志清醒。他开始做梦，但梦境让他害怕，他一下坐了起来。某个无形的人在他耳边低声说了什么。他一时觉得口渴，接着头开始发热。他下了床，套上拖鞋和长袍，到厨房去舀了一杯水。他靠向水桶，不小心滑了一跤，差点掉进去。突然，他发觉他像年轻人一样对希芙拉·泽瑞尔充满渴望。“我犯了什么毛病？”他咕哝道，“这只可能是魔鬼的把戏。”他开始向自己的房间走去，却发现自己走到了仆人睡的小房间。他在门口停下，听着里面的动静。一阵沙沙的响声从炉子后边传来，在干柴火里有什么噼啪的响声。灯笼苍白的光芒在屋外闪烁，他还听到一声叹息。内森想起现在是厄路耳月，敬畏上帝的犹太人在清晨起床做悔罪祈祷。就在他打算转身折回时，女仆打开了房门，用一种警觉的声音问："谁呀？"

“是我，”内森轻声说。

“主人有什么事？”

“你不知道吗？”

她咕哝了一声，什么话也没说，好像在想怎么办。接着她说，“请您回去睡觉吧，主人。不必浪费口舌。”

“但我睡不着，”内森用一种有时对罗伊丝·泰梅尔使用的语气说，“别赶我走！”

“走吧，主人，”希芙拉·泽瑞尔生气地说，“否则我要叫人了！”

“嘘。我不会强迫你，但愿这事不会发生，我喜欢你，我爱你。”

“如果主人爱我，那就娶我。”

“我怎么能呢？我有老婆！”内森惊愕地说。

"呃，那又怎么了？你认为离婚是为了什么？"她说着坐了起来。

"她可不是个女人，"内森想，"她是个魔鬼。"他被她和她的话吓住了，仍然站在门口，心情沉重，困惑万分，他靠在门框上。在厄路耳月拥有极高权力的善灵提醒他想起了《正义之秤》——他读过此书的意第绪语版——讲述的都是虔诚者的故事，他们受到地主婆、女妖怪和妓女的勾引，却从不屈从欲望的诱惑。"我必须立刻把她赶走，就明天。就算我必须赔付她一整年的工资。"内森下定决心。可他却说："你怎么回事？我和我妻子生活了快五十年了！为什么我现在应该和她离婚？"

"五十年过够了吧。"厚颜无耻的女佣说。

她那副傲慢无耻，不但没有使他退却，反而更吸引他。他走向她的床，坐在床边。她的身上散发出一股邪恶的温暖。内森被强烈的欲望挟住了，他说："我怎么才能和她离婚？她才不会答应呢。"

"你可以写一纸休书，不用她同意。"女佣说，明显很懂这些事。

甜言蜜语和许诺奉承都不会让她改变主意。对内森的所有劝说，她都充耳不闻。他回到床上时，已经到了清晨。他卧室的墙壁像画布一样灰暗。太阳如同在烟灰中发光的一块煤块，从东方冉冉升起，放射出猩红得如地狱的火焰般的光。一只乌鸦停在窗沿上，用它弯曲的黑喙扯开嗓子叫起来，好像要宣告什么坏消息。

内森打了个寒战。他感觉他不再是自己的主人了，那个恶灵正抓着缰绳，把他逼上了一条险象环生的邪恶之路。

从那时开始，内森就没有过片刻安宁。

在他的妻子罗伊丝·泰梅尔在亚努夫为姐姐服丧期间，他夜夜惊醒，跑去希芙拉·泽瑞尔那儿求欢，但她每次都拒绝他。

他卑躬屈膝地哀求，向她保证送贵重礼物、不菲的嫁妆，并将她纳入遗产继承人，但一切都无济于事。他发誓不会再去找她，但他的誓言每次都被打破。他说得滑稽可笑，与令人尊敬的身份一点都不相称，简直是在作践自己。他吵醒她时，她不仅要赶他走，还要叱骂他。他摸着黑从他的房间到她的住处，会撞到门、橱子、火炉，撞得身上都是淤青。他一头撞上一个残渣盆，里面的东西洒了一地。他打碎玻璃器皿。他想背诵一章熟记于心的赞美诗，以求上帝将他从我布下的网中救出来，但他嘴里蹦出的圣词变了味，他的心中尽是些下流的想象。他的卧室里持续有萤火虫、蚊蝇、蛾子嗡嗡的吵嚷声，这些都是我这个魔鬼放进去的。内森睁着眼，竖起耳，清醒地躺着，听着每一点动静。雄鸡啼鸣，青蛙在沼泽地呱呱叫，蟋蟀窸窸窣窣，雷电诡异地闪过天际。一个小恶魔一直在怂恿他：别当个傻瓜，雷布·内森，她在等着你，她想看看你是个男人还是老鼠。接着这只小鬼又哼着说：管什么厄路耳月，女人总归是女人，如果你在世间不赶紧享受，到死后可就太迟了。于是内森喊着希芙拉·泽瑞尔的名字，等她回应。

好像他一听见那赤脚的脚步声，他就能看见她洁白的玉体或黑暗中的白睡裙。最后，他战抖着，像着了火似的，从床上一骨碌起身，向她房间跑去。可她却很固执，“要么选我，要么选你老婆，”她说，“走开，主人！”

说着，她从一堆废物里抓起一把扫帚，朝他的后背打去。然后雷布·内森·乔泽弗维尔，这位弗兰波尔最富有的、被老老少少尊敬的人，就会灰溜溜地回到他那装了华盖的床上，心烦意乱，辗转反侧，直到天明。

5

森林之路

罗伊丝·泰梅尔，当她从亚努夫回来、看见她的丈夫时，简直吓坏了。他面如土灰，眼下挂着眼袋，他的胡子，在之前还是黑的，如今已经掺杂了不少白色。他的肚子松松垮垮的，像个麻袋似的挂着。他就像个病入膏肓的人，几乎无法走路。“我的命好苦，就算躺进坟墓都比这好些！”她惊叫道。她问他缘由，但由于他不能向她吐真情，他就说他得了头痛病、胃灼热，还有毒虫叮咬等类似的疾病。罗伊丝·泰梅尔虽然期待见到她的丈夫并希望和他待在一起，但她还是叫了辆马车让他去卢布林看医生。她在行李里塞满饼干、果酱、果汁等各种食物，并劝他不要省钱，一定要找卢布林最好的医生，把他开的药全吃了。希芙拉·泽瑞尔给她的主人送行，徒步跟着马车直到桥边，并希望他尽早恢复健康。

深夜，在满月的光照下，马车沿着一条林间小路行驶，阴影投在前面。我，这个邪恶的精灵，来到雷布·内森的身边，问道："您去哪儿呀？"

"难道你没看见吗？我去看医生。"

"您那毛病普通郎中可治不了，"我说。

"那我怎么办？和我老妻离婚吗？"

"为什么不？"我对他说，"亚伯拉罕不是把自己的妾——夏甲，抛弃在荒野中了吗？除了一瓶水他什么都没给她，就因为他更爱撒拉？后来，他不是还娶了基土拉，并和她生了六个孩子？摩西，这位犹太人的先知，在娶了西波拉后，不是又在古实娶了妻子吗？当米利暗——他的姐姐，毁谤他时，不就是患上了麻风病？你不明白，内森，你是注定要生儿育女的，根据法律，在你和罗伊丝·泰梅尔结婚十年后，你就该离婚了。好吧，没有生孩子，你也许就不能离开这个世界。因此，上天派希芙拉·泽瑞尔睡在你的膝上，让她怀孕、生下健康的孩子，否则你死后，谁为你念悼词并继承你的财产？因此别想着抵抗命运，内森，因为这是上天的旨意，你若不奉命，你就会被惩罚，你没多久就会死，不管怎么样，罗伊丝·泰梅尔都会成为寡妇，而等着你的只有地狱。”

听了我这番话，内森害怕了。他浑身瑟瑟发抖，说：“果真是这样，我还去卢布林干什么？我该让马夫掉头回弗兰波尔去。”

我回答说：“不，内森。为什么要把你的打算告诉你老婆？当她知道你想离婚、让那个女佣取代她的位置时，她肯定万分难过，难免不会报复你或你的女佣。还不如照着希芙拉·泽瑞尔给你的提议，去卢布林弄一张休书来，把它悄悄藏在你妻子的衣橱里；这样离婚便坐实了。然后告诉她，医生让你趁着病情还没恶化前去维也纳做手术。然后在离开前，把所有钱都收集起来带走，给你妻子就留套房子、家具还有她那点小东西。只有当你离家很远、和希芙拉·泽瑞尔在一起时，你才可以告诉罗伊丝·泰梅尔她被休了。这样你还能避免那些流言蜚语。不过别拖延了，内森，因为希芙拉·泽瑞尔不会在这儿久留，如果她离开你，你也许就会吃苦受罚，就这样死了，不仅离开了人世间，连天堂也去不了。”

我啰里啰嗦地说了很多，不管是敬神的还是渎神的，清晨时他睡着了，我让他望见希芙拉·泽瑞尔，她全身赤裸，还让他看她将要为他生的孩子，儿女双全，长着腮须和卷发，我还让他吃她为他准备的那些梦幻般的佳肴：它们吃起来就像天堂的珍馐。他从这些幻象中醒来，饥肠辘辘，欲罢不能。快到卢布林时，马车在一家小旅店前停了下来，在那儿，内森吃完早餐，准备去柔软的床铺上休息。但在他的舌尖上依旧遗留着他在梦中品尝过的薄饼的滋味。在他唇间，他几乎还能感受希芙拉·泽瑞尔的吻。他满怀渴望，再次套上外套，并告诉旅店主人，他必须快马加鞭地去谈几个生意。

我引他走进一个小巷，他在那里发现一个可怜的抄写员，付五个盾，他就会照法律规定写一张旁人公证过的离婚书。然后内森从药剂师那里买了很多瓶瓶罐罐后，就回到弗兰波尔。他告诉妻子，他看了三个医生，他们发现他胃里长了个肿瘤，必须立刻去维也纳的名医那里做手术，否则他就撑不了一年了。罗伊丝·泰梅尔一听就吓坏了，她说："钱算什么？对我来说，你的健康才重要。"她想陪他去，但内森和她讲道理，说："去一趟会花双倍的钱，况且，我们在这里的生意必须要有人照看。不，留在这里，上帝保佑，如果一切顺利，我会回来的，我们会一起快乐地过日子。"长话短说吧，罗伊丝·泰梅尔同意留在弗兰波尔。

就在这个夜晚，罗伊丝·泰梅尔睡着后，内森起了床，悄悄把离婚书放在她的箱子里。他也去了希芙拉·泽瑞尔的房间，把他做的事告诉了她。她亲他抱他，承诺会做他的好妻子、对他儿女忠诚的好母亲。可她心中却嘲笑着，她想：你这个老笨蛋，你会为爱上一个婊子付出沉重代价的。

现在开始讲我和我的同伴如何让这个老罪人——内森·乔泽弗维尔，变成个隐身人的，这样他的尸骨永远不得安宁，这就是对淫欲之罪的惩罚。

6

内森归来

一年过去，罗伊丝·泰梅尔如今也有了第二任丈夫，她嫁给了一个弗兰波尔的粮商，墨舍·梅切勒斯，在她被迫离婚那段时间里，他也失去了他的妻子。墨舍·梅切勒斯是个红胡子的小个子男人，有着厚厚的红眉毛和锐利的黄眼睛。他经常和弗兰波尔的拉比辩论学问，祈祷时放上两张护经匣，还拥有一家磨坊。他身上经常沾满白色的面粉。他原本就是个富人，娶了罗伊丝·泰梅尔后，就接管了她的粮仓和客户，成了个大富豪。

罗伊丝·泰梅尔为什么会嫁给他呢？一是他人的撮合。二是，她很孤独，认为另一个丈夫至少可以部分取代内森。三是我，这个引诱者，也有想要她再婚的理由。好吧，结了婚后，她发现自己犯了个错。墨舍·梅切勒斯行事古怪。他长得瘦，她想让他变胖些，可他不会碰她做的饺子、烙饼和烤鸡。他更喜欢大蒜面包、带皮的土豆、洋葱和小萝卜，一天只吃一块过水的瘦牛肉。他污渍斑斑的长袍从来不系纽扣，他在腰间系了根绳子来吊住裤子，他不去罗伊丝·泰梅尔为他预热好的浴室洗澡，只有被再三要求时才会换衬衣或裤衩。而且，他很少待在家里。他要么为生意出去奔波，要么参加社区会议。他睡得很晚，在床上咕哝打呼噜。

天一亮他就起床，嘴里像蜜蜂似的哼唧着。虽然快六十岁了，罗伊丝·泰梅尔仍有着其他人都有的需求，但墨舍·梅切勒斯很少来找她，夫妻之事只是个尽职的问题而已。这个女人终于承认自己犯了错误，但又能怎么办呢？她放下自尊，默默忍受着。

又是个厄路耳月的下午，罗伊丝·泰梅尔走到院子倒泔水时，她看见了一个奇怪的身影。她叫出了声，盆子从她手中掉落，脏水溅到了她的脚。十步之外站着内森，她的前夫。他穿得像个乞丐，他的长袍破破烂烂的，一根绳子系在腰间，他的鞋子开裂了，他头上的帽子只剩衬里。他曾经那粉色的脸庞现在变得蜡黄，胡须成了灰色，眼下垂着眼袋。他的双眼从乱蓬蓬的眉毛中注视着罗伊丝·泰梅尔。顷刻间，她突然想到他肯定是死了，他的鬼魂在她眼前摇晃。她几乎叫了出来：可怜的灵魂啊，回到你该待的地方安息吧！但这事发生在光天化日，她很快便从震惊中回过神来，用颤抖的声音问：

“我的眼睛欺骗了我吗？”

“没，”内森说，“是我。”

许久，这对先前的夫妻默默地对视。罗伊丝·泰梅尔惊呆了，说不出话来。她的双腿开始颤抖，不得不扶着一棵树，以防自己跌倒。

“我的命真苦，你怎么会变成这样？”她哭了。

“你丈夫在家吗？”内森问。

“我丈夫？”她迷迷糊糊地说，“不……”

罗伊丝·泰梅尔正想请他进屋，突然想起按照法律规定，她是不允许和他待在同一个屋檐下的。她也怕仆人会认出他来。她弯下腰，捡起泔水盆。

“到底怎么回事？”她问。

内森支支吾吾地告诉她他是怎么和希芙拉·泽瑞尔在卢布林碰头并娶了她，接着被说服和她一起去匈牙利探亲。在国境线边的小旅店里，她对他弃若敝屣，把所有东西都偷走了，包括他的衣服。从那时开始，他就四处流浪，在济贫院过夜，就像个乞丐，在别人家门口逗留。起初，他以为他可以得到一百位拉比的签名令，这样他就可以再婚，所以他启程回到弗兰波尔。接着他知道罗伊丝·泰梅尔再婚了，于是他就到这来乞求她的宽恕。

罗伊丝·泰梅尔无法相信自己的眼睛，她一直瞪着他。他拄着一根弯棍儿，像个乞丐那样，始终没有抬起眼睛。从他的耳朵和鼻孔里，探出几丛毛发。从他破烂的大衣下，她看到了麻袋布，透过一条斜缝，看见他的皮肤。他好像个头都变小了。

“还有镇上别的什么人看见你了吗？”她问。

“没有。我是从田野上过来的。”

“我的命真苦。现在我又能为你做什么？”她叫道，“我结婚了。”

“我不要你给我任何东西，”内森说，“再见。”

“别走！”罗伊丝·泰梅尔说，“噢，我是多么倒霉啊！”

她掩面哭了起来。内森朝一边挪了挪身子。

“别为我哀悼，”他说，“我还没死呢。”

“我巴不得你死了，”她回答，“那我还好受些呢。”

好吧，我，这个破坏者，还没耍尽我的阴险诡计。罪与罚的秤盘还未平衡呢。于是，果断的我用充满同情的语言与这个女人交谈，因为，众所周知，同情和别的情愫一样，既可为善也可作恶。罗伊丝·泰梅尔，我说，他可是你丈夫，你和他一起生活了五十年，你可不能拒绝他，他如今这般落魄。接着她问：“我该怎么办？毕竟，我可不能再站在这儿任由自己被别人嘲笑了。”我献上一计。她发抖了，抬起她的眼睛，让内森跟着她。他老老实实地跟在她后面，就像一个穷客人，女主人叫他做什么他就做什么。

7

老屋的秘密

院子里，谷仓后面、浴室旁边，伫立着一座老屋，这是许多年前罗伊丝·泰梅尔的父母住的。现在闲置了。它的一楼窗户都钉着木板，二楼倒仍有一些保存完好的房间。鸽子栖息在屋顶，燕子在排水沟下筑巢。一把破扫帚堵在烟囱里。内森经常说这栋老屋早该拆了，但罗伊丝·泰梅尔坚持说只要她活着，她父母的房子就不能拆。阁楼一片狼藉，到处是旧垃圾和破布。学校的男孩说，一道光会在午夜从这栋老屋里发散出来，有恶魔住在地下室里。现在，罗伊丝·泰梅尔把内森带到这里。要进老屋还不是那么容易。小道上满是带刺的野草。罗伊丝·泰梅尔的裙子被指甲般锋利的刺球勾住了。小小的鼹鼠堆随处可见。一层厚厚的蜘蛛网把敞开的门闩住了。罗伊丝·泰梅尔用一根腐烂的树枝把它们扫走。楼梯摇摇晃晃。她的腿很沉重，不得不扶着内森的手臂。一团厚厚的灰尘飞扬起来，内森开始打喷嚏、咳嗽。

“你准备把我带到哪儿去？”他问，不知所措。

“别怕，”罗伊丝·泰梅尔说，“没事。”

把他留在老屋之后，她回到家中。她给用人放了假，用人也不等她说第二遍就走了。她离开后，罗伊丝·泰梅尔打开了依旧塞着内森衣物的橱柜，从里面拿出了他的亚麻衣物，全都送去了老屋。她又走了，再回来的时候拎着一只装着米饭、炖肉、牛肚烧牛腿、白面包和煨西梅的篮子。他狼吞虎咽地吃完晚饭，舔光了西梅盘。罗伊丝·泰梅尔从井里打了一桶水，让他到另一个房间去洗个澡。夜幕降临了，不过黄昏持续了好一阵子。内森听从罗伊丝·泰梅尔的吩咐去洗澡了，她能听到他在隔壁房间泼水和叹气的声音。接着他换上了衣裳。罗伊丝·泰梅尔再看到他时，眼泪夺眶而出。透过窗户照进来的满月之光使屋子亮如白昼，内森穿着干净的衬衣、绣着花叶的长袍，戴着丝绸帽子，踏着天鹅绒拖鞋，似乎又回到了原来的自己。

墨舍·梅切勒斯恰好不在镇上，罗伊丝·泰梅尔也不慌忙。她又回家拿了些床单被褥过来。床只要装上木板便能用。她也不想点蜡烛，以免别人注意到这灯光，罗伊丝·泰梅尔在黑暗中走动，和内森一块爬上阁楼，摸索着，直到她摸到几块能装到床上的旧板条。然后，她在床上放好床垫、床单和枕头。她甚至还记得带了一些果酱和一盒饼干，这样内森在睡前就能吃点零食。这时她才坐在那张摇摇晃晃的凳子上休息。内森坐在床边。

沉默良久后，他说："这有什么用？明天我必须得走。"

"为什么明天得走？"罗伊丝·泰梅尔说，"在这住下吧。想在济贫院等死可有的是时间。"

到很晚，他们都坐着，说说话，咕哝着。罗伊丝·泰梅尔哭一阵停一阵，一会儿又开始哭，一会儿又平静下来。她坚持要内森对她坦白一切，一点细节都不能遗漏，于是他又把他怎么与希芙拉·泽瑞尔碰面，他们怎么结婚，她怎么说服他和她一起去普莱斯堡，她怎么在旅店里和他甜言蜜语、缠绵不绝的事告诉了她一遍。到清晨，他睡着了，她站起身解下了他挂在脖子上的袋子。他还告诉罗伊丝·泰梅尔他是如何被迫放下所有羞耻心，在乞丐的地盘睡觉，在陌生人家讨要吃的。虽然他的故事让她生气，她听了就叫他傻瓜、笨蛋、蠢货、白痴，但她的心却被怜悯融化了。

“现在该怎么办？”她一个劲地小声问自己，一遍又一遍。我，这个邪恶的魔鬼，回答说，别让他走。乞丐的生活可不是他能过的。他也许会因悲伤或羞愧而死。当罗伊丝·泰梅尔争辩说，她是个已婚女人，所以就没权利再和他待在一起。我说：“难道离婚书上的十二行字就能让两个在过去五十年粘连的灵魂分开吗？难道一对兄妹会被法律变成陌生人？内森难道不是你的一部分？你不是每夜都在你的梦里看到他吗？你的所有财富难道都不是他勤奋和努力的结果吗？墨舍·梅切勒斯又算什么？一个陌生人、一个笨蛋。在地狱里和内森一起受煎熬，难道不比在天堂做墨舍·梅切勒斯的搁脚凳更好吗？”我还让她想起了故事书里的一个故事，那儿有个地主，他的妻子和驯熊师私奔了，最后他原谅了她，还把她接回了他的庄园。

弗兰波尔会堂里的钟敲响十一点时，罗伊丝·泰梅尔回到家。在她那张豪华奢侈、带着华盖的大床上，她辗转反侧，像个发烧的病人。很长一段时间，内森站在窗边向外眺望。厄路耳月的夜空星辰漫天。会堂屋顶上的猫头鹰发出人一般的叫声。猫的叫春声让他想起了临盆的女人。蟋蟀嘁嘁喳喳地叫着，看不见的锯子似乎在树干间嗡嗡作响。整夜吃草的马嘶鸣着，伴随着牧人的呼唤，穿过田野。内森，因为他站在楼上，一眼就能望见小镇的全貌：会堂、屠宰场、净浴室、集市、住着外族人的小巷。他认出自家院子中的每座棚子、每间小屋、每块木板。一只山羊从树上啃下些树皮。一只田鼠溜出谷仓回窝。内森看了很久。周围的一切既熟悉又陌生，亦真亦幻，就好像他不再活在世间一样——只有他的灵魂在那儿飘浮。他想起有一句希伯来话很适合形容他，但他记不确切了。最后，想了好长时间，他才记了起来：他看得见别人，而别人却看不见他。

8

他看得见别人，而别人却看不见他

弗兰波尔传起了谣言，说罗伊丝·泰梅尔和她的女佣吵了架，在用工期就把她给炒了。这事让家庭主妇们大吃一惊，因为那女孩是出了名的勤劳诚实。事实上，罗伊丝·泰梅尔解雇这个女孩是为了防止她发现内森住在老屋里。和往常一样，我引诱罪人时，我都说服夫妇俩，说现在的一切都是暂时的，内森从他的流浪的疲惫中恢复过来就会离开。可我确信罗伊丝·泰梅尔欢迎她这位隐藏的客人，内森也十分喜欢待在现在住的地方。就算他们每次在一起时都讨论他们未来会分开，罗伊丝·泰梅尔还是把内森的住处布置得似乎他要永久住下去。她又开始为他做饭煎菜了，再次为他带来她做的美味佳肴。没过几天，内森的外貌就焕然一新。从酥饼到布丁，他的脸又变成了粉红色，再一次，像个富人一样，他变得大腹便便。他又穿上绣花衬衣、天鹅绒拖鞋、丝绸长袍，还带着细棉手绢。为了不让他因无所事事而无聊，罗伊丝·泰梅尔还给他带了意第绪语版的《圣经》《鹿的遗产》，还有许多故事书。她甚至为他弄来烟草，因为他喜欢抽烟斗，她还从酒窖中拿了几瓶内森贮藏多年的葡萄酒和蜂蜜酒。这对离婚夫妻在老屋里开起了宴会。

我要确保墨舍·梅切勒斯很少在家。我派他去各种各样的集市，甚至推荐他担任诉讼仲裁员。没过多久，这栋谷仓后的老屋就成了罗伊丝·泰梅尔唯一的安慰。就像一个守财奴的心思总是停留在他埋在视线之外的宝藏上一样，罗伊丝·泰梅尔也一心只想着老屋和她的秘密。有时她觉得内森已经死了，而她奇迹般地将他复活了一阵子，别的时候，她想象这一切都是一场梦幻。每当她从那苔藓遍生的屋顶的窗户向外看的时候，她就想：不！内森在这儿是多么不可思议，我肯定被骗了。一想到这儿，她就立刻飞奔到老屋，走上摇摇晃晃的台阶，在半路上就能遇见内森本人，他挂着熟悉的微笑，散发出好闻的气味。“内森，你在这？”她会问，他回答说：“对，罗伊丝·泰梅尔，我在这儿等你。”

“你想我吗？”她又问。

他回答说：“当然想。一听到你的脚步声，我就觉得像过节。”

“内森，内森，”她会继续说，“一年前你想过一切会落到这个地步？”

他咕哝说：“没有，罗伊丝·泰梅尔，真像个噩梦啊。”

“唉，内森，我们已失去现世，我怕我们也会失去来世啊。”罗伊丝·泰梅尔说。

他回答说：“呃，那太糟糕了，不过地狱也是为人而不是为狗准备的吧。”

既然墨舍·梅切勒斯入了哈西德派，我，这个老叛徒，就送他去和他的拉比一起过赎罪日了。罗伊丝·泰梅尔孤单一人，她为内森买了块祈祷披肩，一件白袍，一本祈祷书，还为他准备了一顿假日餐。新年过后，就不见月亮，他在黑暗中吃晚餐，摸着黑把一块面包蘸进蜂蜜里，还吃了一个苹果、一根胡萝卜，一块鱼头，还对着一个石榴为来年的收成祝福。他穿着白袍、披着祈祷披肩，整日站着祈祷。山羊角的声音隐隐从会堂传入耳中。在祈祷间隙，罗伊丝·泰梅尔来看他了，她穿着金色连衣裙、缎子衬里的白色外套，披肩上绣着银线，她祝内森新年快乐。那条他送她的订婚金项链挂在脖子上，他从但泽买来的胸针在她胸口颤动，他在布罗迪给她买的手镯套在手腕上。她散发着一股蜂蜜蛋糕和会堂女士区的香味。赎罪日前夜，罗伊丝·泰梅尔为他带了只白色公鸡作为献祭，还为他准备了一顿斋戒前的晚餐。当然，她也让会堂为他的灵魂点了支蜡烛。去会堂做祷告前，她来老屋同他告别，她开始大声恸哭，内森害怕别人听见这哭声。罗伊丝·泰梅尔倒在他的怀里，紧紧抓着他，不肯松开。她的泪水弄湿了他的脸，好像着了魔似的号啕大哭。“内森，内森，”她哭嚎道，“但愿我们不再经历更多不幸。”就像当家中某个人死了，要重复念他的名字一样。内森怕她昏过去摔倒，只得搀着她下楼。这时，站在窗前，他看见弗兰波尔人正在去会堂的路上。女人们走得又快又急，好像赶着去为某个临死的人祈祷。她们提着裙子，两个女人碰面时，互相拥抱，然后前前后后地摇来晃去，好像在与神秘的人推搡。头面人物的太太们，敲开穷人家的门乞求宽恕。孩子正生病的母亲们，张开手臂奔跑，好像在赶什么人，像个疯人般地叫喊着。上了年纪的人，在离家之前脱下鞋穿上白袍，披上祈祷披肩，戴上白色小帽。会堂庭院里，穷人们带着慈善箱坐在长凳上。一道红光洒满一个个屋顶，反射在窗格上，点亮了苍白的脸颊。西边的天空中，太阳越来越大，周边的云彩都着起火来，直到半边天空都燃着火焰。内森想起火焰之河，所有灵魂都必须在其中净化自己。太阳很快隐没在地平线下了。穿着白裙的姑娘走出家门，小心翼翼地关上窗户。小小的火苗在会堂里窜动，整栋建筑仿佛一簇熊熊燃烧的火焰。一阵含糊的嗡鸣从其中响起，接着爆发出阵阵呜咽。内森脱下鞋子，用披肩和白袍裹住自己。他半读半背地唱起了悔罪祈祷曲，无论是生者还是坟墓中的死者都一起唱着这首歌。他，内森·乔泽弗维尔，不就是个死人吗？没躺在他的坟墓里，而在一个并不存在的世界游荡。

9

雪地里的足迹

赎罪日过去了。冬日不期而至。但内森依旧住在老屋里。这儿冷得不行，不仅因为火炉已经拆了，也因生火会有烟雾从烟囱里冒出去，让人心生怀疑。为了不让内森受冻，罗伊丝·泰梅尔给他准备了保暖衣物和煤炉。夜晚，他会盖两床羽绒被。白天，他身着狐狸毛大衣，脚穿毡靴。罗伊丝·泰梅尔还给他带了一小桶白酒，其中插了根吸管，每次他觉得冷时就啜上一口，再吃一片羊肉干。吃了罗伊丝·泰梅尔给他堆满的食物，他变得又肥又重。傍晚，他站在窗前，好奇地看着那些去做洁净礼的女人。赶集日，他从不离开窗子。马车驶进庭院，农民卸下一袋袋粮食。墨舍·梅切勒斯穿着一件棉布夹袄，跑来跑去，大声吆喝。虽然内森一想到这个可笑的家伙挥霍了他的财产、睡了他的妻子时依旧觉得痛苦，但墨舍·梅切勒斯的模样引得他发笑，好像整件事都是他内森在他的情敌身上施展的恶作剧。有时他真想叫他：嘿，这儿，墨舍·梅切勒斯！再朝他丢块石膏或骨头。

只要不下雪，内森就能得到他需要的一切。罗伊丝·泰梅尔经常来探望他。晚上，内森会出门在那条通向小河的小路上散步。但有天夜里下了大雪，第二天，罗伊丝·泰梅尔就没过来找他，因为她担心有人察觉到她落在雪地上的足迹。内森也不能出门散心。一连两天他都没什么热的东西可吃，桶里的水也结成了冰。到第三天，罗伊丝·泰梅尔雇了个农民去清扫粮仓到老屋之间的积雪。墨舍·梅切勒斯回到家后很惊讶，问："为什么？"她赶紧转移了话题，他本来就没怎么起疑，很快就将这事忘在脑后。

从这时开始，内森的生活就越来越艰难了。每次下雪，罗伊丝·泰梅尔就会来这条路上铲雪。为了不让邻居看见院子里发生了什么，她修好了栅栏。为了有个借口来到老屋，她在挨着老屋的地方挖了条排污沟。每次她见到内森，他就说该到他收拾行李离开的时候了，但罗伊丝·泰梅尔又说服他再等等。"你要去哪？"她问，"上帝保佑，你会累倒的。"按照历法，这个冬天会是个暖冬，夏天会来得很早，普珥节前几周天就暖和了，除了提别月和细罢特月，他只需熬过半个基色娄月就好了。她还告诉了他别的事。有时，他们甚至不说话，只是静静地坐着，手拉手哭泣。他们两人实际上每天都在消耗着精气神。内森更胖了，更像是浮肿了，肚子里全是气；他的腿像灌了铅；他的视线模模糊糊。他不再能读故事书了。罗伊丝·泰梅尔则瘦了下去，像个肺痨病人，食欲不振，也睡不着觉。有几个晚上她清醒地躺着，眼里流着泪。墨舍·梅切勒斯问她原因时，她说因为她没有孩子，在她死后无人为她祈祷。

一天，一场倾盆大雨刷净了积雪。由于罗伊丝·泰梅尔已经两天没来老屋，内森无时无刻不希望她来。他已没了食物，只有桶底还剩着一点白兰地。一连几个小时，他站在窗前等她，窗子结了冰霜，模糊不清，但她并没有来。夜晚漆黑又冰冷刺骨。狗吠风啸。老屋的墙壁摇动着，呼呼的风声从烟囱里穿过，屋檐在屋顶上喀吱作响。在内森的屋子，现在是墨舍·梅切勒斯的屋子里，好像点燃了几盏灯笼，看上去格外明亮，灯光衬得周围的黑暗更加凝重。内森觉得自己听见了车轮的滚动声，好像是一辆马车驶近屋子。黑暗中，有什么人正在井里打水，又有人在倒污水。夜深了，尽管天色已晚，窗子还是开着的。他看见几个人影前前后后地在闪动，内森还以为大概有重要的客人来做客，他们正在宴请他。他一直望向黑暗，直到膝盖承受不住，最后一丝力气也用尽，他才回到床上，沉沉地睡去。

第二天早晨，他被冻醒了。他用冻僵的四肢支撑自己站起来，勉勉强强走到窗前。昨晚夜里又下了很多雪，冻起一层厚厚的冰霜。令他吃惊的是，内森看见一队人马站在他的屋子周围。他焦躁不安，想知道发生了什么。可没等他想多久，房门突然打开了，四个男人抬出了一口盖着黑布的棺材。“墨舍·梅切勒斯死了！”内森心想。可他接下来看见墨舍·梅切勒斯跟在棺材后面。死的不是他，而是罗伊丝·泰梅尔。

内森哭不出来。好像寒冷冻住了他的眼泪。他浑身发抖，看着抬棺人抬着棺材，看着执事嘎拉拉摇动他的慈善箱，还有哀悼者从被风刮在一块的雪堆中涉足而过。天空苍白得像亚麻，低垂着，碰到了白雪皑皑的大地。原野上的树木似乎浮在纯白里，好像在洪水中漂流。从他的窗户望去，内森能看见去往墓地的一整条路。棺材上上下下的，人群的队列跟在后面，逐渐变细，有时还会完全消失，似乎沉入土地后又再次出现。有那么一会儿，内森幻想送葬的队伍停下脚步，不再往前走，然后这群人和尸体一起往回移动。送葬的队伍逐渐变小，直到成了一个黑色小点。由于这个点不再移动，内森意识到抬棺人已经到了墓地，他正看着自己忠实的妻子下葬了。桶里的水都已结成了冰，他就用那仅剩的白兰地洗了把手，然后开始为逝者低声祈祷起来。

10

两张脸孔

内森本打算收拾好东西就连夜离开，但我，众魔之首，阻止了他实施计划。日出之前，他的胃一阵痉挛，他的脑袋发热，腿发软，他几乎无法行走。他的鞋硬邦邦的，他也穿不上它们。而且，他的腿变粗了。善灵同他商榷，让他呼救，直到人们听见赶来救他为止，因为没人被允许结束自己的生命[1]，可我对他说："你还记得大卫王说的话吗？他说：'我宁愿落入上帝之手，也不愿落入凡人掌中。'你肯定不希望墨舍·梅切勒斯和他那群同伙以报复你、嘲笑你为乐吧。还不如像条狗一样死了算了。"总而言之，他听了我的话，第一，因为他颇有自尊；第二，因为按照律法，他死后注定不能被体面地下葬。

他纠集了仅剩的一点力气，把床推向窗边，躺在上面看着。他很早就睡着又醒来了。先是白天，再是夜晚。有时他听见院子里的叫喊声。其他时候，他以为有人在叫他名字。他想象自己的头变得巨大又笨重，像脖子上顶着的一块磨石。他的手指化作朽木，舌头坚硬无比，似乎比它占据的空间还要大。我的帮手，那群小妖精，出现在他的梦中。它们尖叫，吹哨，点火，踩着高跷，就像普珥节的杂技人。他先梦见了洪水，接着是大火，想象世界已被毁灭，然后他扑闪着蝙蝠的翅膀在虚空里盘旋。梦中他也见到了煎饼、饺子、奶酪宽面条，他醒来时，他觉得胃胀，就好像他真的吃过东西。他一边打嗝，一边叹气，还摸摸他那空无一物、疼痛难忍的肚子。

一次，他坐起身，朝窗外望去，惊讶地看见人们正在往回走，

1　犹太教不允许自杀。

他颇感惊奇。很快，他看到了其他不寻常的事情。在那些经过的人中，他认出了几个已经死了很久的人。“我的眼睛欺骗我了吗？”他很纳闷，“还是救世主降临、复活了死者？”他越看越吃惊。一代代人从镇里走过，不管男女的肩上都搭着袋子、手里拿着棍子。他认出来了，在他们之中，有他的父亲和祖父、他的祖母和婶祖母。他看着工人们正在建造弗兰波尔的会堂。他们搬着砖块，锯着木头，搅拌石灰，为屋子钉屋檐。男的站在周围，抬头仰望，嘴里在呼喊一个怪怪的他不认识的词语，好像是个外国词儿。就像围着律法书跳舞一样，两只鹳围绕着房屋。接着，房屋和工人都消失不见了，他看见一群人赤着脚，蓄着胡须，眼神狂热，手持十字架，正把一个犹太人引向绞刑架。尽管这个黑胡子年轻人撕心裂肺地哭号着，他们还是把他拽了上去，系上绳索。钟声响起，街上的人都四处奔跑，躲了起来。此时正值正午，却像日食过境一般昏暗。最后，这个年轻人喊道：“以色列啊，你要听！耶和华——我们神是独一的主！”然后就被吊了上去，舌头耷拉在外。他的双腿摆动了好久，成群的乌鸦从他的头顶飞过，叫声凄惨。

在那最后一夜，内森梦见罗伊丝·泰梅尔和希芙拉·泽瑞尔幻化成拥有两张脸的女人。望见她，他欣喜若狂。“我为什么之前没有注意到呢？”他纳闷，“我为什么非得遭受这般磨难和忧愁呢？”他吻了这位双面女子，而她也以她那两副嘴唇回吻了他，用她那两对乳房贴着他。他对她诉说衷情，她也用两种声音回应他。在她的四只手臂和两副胸口中，内森所有的疑问都得到了解答。这儿再也没有什么生或死，此处或彼地，开端或结束。“真相有两重，”内森感叹道，“这是一切奥秘的奥秘！”

他没有对自己的罪过留下一句忏悔，内森就在那夜撒手人寰。我立刻把他的灵魂送去阴间的深渊。迄今他仍然在荒芜之地游荡，还没有被允许进入地狱。墨舍·梅切勒斯又娶了妻，这次娶了个年轻姑娘。她让他付出了高昂的代价，很快继承了他的遗产，并挥霍殆尽。希芙拉·泽瑞尔成了普莱斯堡的妓女，最后死在济贫院。老屋依旧伫立着，内森的尸骨还留在那里。谁知道呢，也许另一个人——他看得见别人，而别人却看不见他——正躲藏在里面呢。

辛格年表*

1904 年 7 月 14 日，艾萨克·巴什维斯·辛格出生在波兰华沙附近的莱昂辛（Leoncin）小镇。父亲平查斯·迈纳切姆（Pinkhos Menakhem）是一位哈西德派拉比，母亲巴斯舍芭（Bathsheba）出生在一个犹太拉比世家，受过良好的教育，以博学聪慧闻名。辛格有一个姐姐、一个哥哥和一个弟弟，姐姐欣德·埃斯特（Hinde Esther）和哥哥伊斯雷尔·约书亚（Israel Joshua）后来都成为作家，弟弟摩西（Moishe）则继承父业。此外，家中还有两个孩子死于猩红热。

1907 年 随家人移居华沙附近的拉德兹明（Radzymin）小镇，父亲成为当地犹太学校的校长。辛格去犹太儿童宗教学校上学。

---

* 《辛格年表》非英文版原书所有，年表资料主要参考“美国文库”版《辛格短篇小说集》（*Collected Stories*）“年表”部分、珍妮·哈达（Janet Hadda）的《艾萨克·巴什维斯·辛格传》（*Isaac Bashevis Singer:A Life*）等。——编者注

1908年 随家人移居华沙克鲁奇玛尔纳街（Krochmalna Street）10号，该街道居民大多是生活贫苦的犹太人。父亲在那里主持一个拉比法庭，主要以解决街坊邻里的家庭和婚姻问题为生。童年的辛格除了阅读宗教书籍外，还喜欢阅读爱伦·坡和阿瑟·柯南·道尔的故事，以及一些流行的意第绪语小说。

1912年 姐姐欣德·埃斯特与一名钻石切割工在柏林结婚，之后移居安特卫普。

1914年 “一战”爆发后，哥哥约书亚为了逃避俄军的征兵，在一个雕刻家的工作室躲藏起来。姐姐一家逃难至伦敦。

1917年 “一战”期间，辛格一家的生活每况愈下，在万般无奈之下，辛格和弟弟随母亲来到母亲的故乡毕尔格雷（Bilgoray）小镇。小镇的一草一木、历史风俗给正值青春期的辛格带来了巨大的冲击。他后来的很多作品都以这个小镇为背景。在毕尔格雷的四年里，辛格除了研读《塔木德》外，还广泛地阅读了斯宾诺莎、斯特林堡、托尔斯泰、陀思妥耶夫斯基、福楼拜和莫泊桑等人的著作。他也学习波兰语、德语、世界语和现代希伯来语等多门语言，并用这些语言创作一些幽默短剧和诗歌。

1921年 辛格回到华沙，进入一所犹太拉比学院学习，但因感到乏味，又回到毕尔格雷，以教授希伯来语为生。其间，深入学习斯宾诺莎的《伦理学》，阅读康德《未来形而上学导论》、汉姆生《饥饿》等著作。

1922 年　因病离开毕尔格雷，去到家人在德兹克（Dzikow）小镇的住处。生活苦闷。虔诚的弟弟摩西把哈西德派宗教思想家纳赫曼（Nachman）的著作借给辛格阅读。

1923 年　辛格搬回华沙，哥哥约书亚为他在华沙一家意第绪语文学杂志《文学之页》（*Literary Pages*）找到一份校对的工作。其时，哥哥在华沙文学界颇有名望，游历过苏联，出版了小说集《珍珠》，为美国《犹太前进日报》（*The Jewish Daily Forward*）撰稿。在华沙期间，辛格经常出入犹太作家俱乐部，在那里，他与人自由地谈论文学、哲学和时事新闻，贪婪地阅读各类书籍。

1925 年　在《文学之页》发表第一篇小说《在晚年》，并获得该杂志的文学奖。用笔名"艾萨克·巴什维斯"在《今日》（*Ha-yom*）杂志上发表短篇小说《蜡烛》。

1926 年　认识左翼女青年卢尼娅，后来他们以夫妻相处，但从未按照犹太习俗办理结婚手续。

1928 年　辛格翻译的汉姆生小说《牧羊神》（*Pan*）、《漂泊的人》（*Wayfarers*）意第绪语版出版。

1929 年　父亲平查斯·迈纳切姆在德兹克去世。辛格和卢尼娅的儿子伊斯雷尔·扎米尔出生。辛格翻译的《罗曼·罗兰传》意第绪语版出版。

1930 年　辛格翻译的《西线无战事》《魔山》意第绪语版出版。

1932 年　与好友亚伦·蔡特林（Aaron Zeitlin）共同筹办意第绪语文学刊物《格劳巴斯》（*Globus*）。在针对卢尼娅的一次调查中，辛格被短暂拘押。开始撰写小说《撒旦在格雷》。

1933 年 1 月至 9 月，在《格劳巴斯》连载《撒旦在格雷》。

1934 年 哥哥约书亚离开波兰移居美国，为《犹太前进日报》撰稿。

1935 年 辛格和卢尼娅分道扬镳，卢尼娅带着儿子奔赴苏联，而辛格则在哥哥约书亚的帮助下移居美国，跟哥哥一起住在纽约布鲁克林。然而，辛格极度不适应纽约，感觉“自己被连根拔起”了，以至于很多年都“写不出一个有价值的句子”。在哥哥的帮助下，开始为《犹太前进日报》撰稿。长篇小说《撒旦在格雷》意第绪语版在波兰出版。

1936 年 哥哥约书亚的长篇小说《阿什肯纳兹兄弟》(*The Brothers Ashkenazi*) 在美国出版。姐姐欣德·埃斯特在华沙出版了首部小说《恶魔之舞》(*The Dance of the Demons*)。

1937 年 旅游签证已无法续签，在朋友的建议下，偷渡到多伦多获得加拿大的居留证后，再返回纽约获得美国的长期居留权。夏天，在卡茨基尔的一个农场度假时，辛格与未来的妻子德裔犹太人阿尔玛·海曼·沃塞曼（Alma Haimann Wassermann）相识，彼时，阿尔玛是带着两个孩子的有夫之妇。这年夏天，卢尼娅和儿子被苏联政府驱逐出境，后辗转来到巴勒斯坦地区。

1939 年 德国入侵波兰后，辛格与母亲、弟弟失去联系。哥哥约书亚成为美国公民。好友亚伦·蔡特林移民美国。阿尔玛与丈夫离婚。

1940 年 2 月 14 日，辛格与阿尔玛步入婚姻的殿堂。但是婚后，他们的生活非常拮据，阿尔玛不得不去百货公司做推销员。

1941 年　辛格一家搬到曼哈顿西 103 街的一套公寓中。

1943 年　获得美国公民身份。在度过了漫长的创作低谷后，辛格连续发表了五个短篇小说：《隐身人》《教皇泽伊德尔》《克雷谢夫的毁灭》《未出生者日记》和《两具跳舞的尸体》。

1944 年　2 月 10 日，哥哥约书亚因心脏病突发在纽约病逝。辛格悲痛不已，他说，约书亚的去世是“我一生中最为不幸的事。他是我的父亲，我的老师。我永远无法从这个打击中恢复过来”。发表短篇小说《市场街的斯宾诺莎》。

1945 年　在意第绪语杂志发表短篇小说《傻瓜吉姆佩尔》《小鞋匠》和《杀妻者》。“二战”后不久，有人告知辛格，母亲和弟弟被苏联政府放逐到哈萨克斯坦，并在建造木屋时冻死。11 月，长篇小说《莫斯凯家族》在《犹太前进日报》连载，同时在纽约广播电台以意第绪语连续播出。

1947 年　夏末，和阿尔玛乘船前往欧洲旅行。在英国与姐姐见面。在《犹太前进日报》发表旅行随笔。

1948 年　冬季，和阿尔玛前往迈阿密海滩，后来他们经常去那里。

1950 年　1 月，去迈阿密旅行。10 月，《莫斯凯家族》英文版由克诺夫出版社（Knopf）出版。这是辛格第一部被翻译成英文的长篇小说。出版前，英文版编辑要求大量删减，辛格颇为不快，但还是删掉了大量内容，并更换了结局。

1951 年　去佛罗里达和古巴旅行。

1952 年　长篇小说《庄园》开始在《犹太前进日报》连载。

1953 年　在欧文·豪的建议下，索尔·贝娄翻译并在《党派评论》发表了辛格的短篇小说《傻瓜吉姆佩尔》，引起美国批评界的热评。

1954 年　6 月 13 日，欣德·埃斯特在伦敦去世。姐姐是辛格家第一个写作的人。姐姐生前患有癫痫和抑郁症，加上辛格自身的抑郁状态和时不时出现的自杀念头，让辛格怀疑他们家有精神病史。

1955 年　2 月，儿子伊斯雷尔·扎米尔代表他所在的基布兹（kibbutz）访问纽约，二十年来首次见到辛格。2 月至 9 月，回忆录《在父亲的法庭上》在《犹太前进日报》连载。辛格首次去以色列旅行。《撒旦在格雷》英文版由正午出版社（Noonday）出版。

1956 年　《在父亲的法庭上》部分章节被改编成戏剧，在曼哈顿国家意第绪语人民剧院（National Yiddish Theatre Folksbiene）上演。

1957 年　长篇小说《哈德逊河上的阴影》在《犹太前进日报》连载。11 月，第一部短篇小说集《傻瓜吉姆佩尔》由正午出版社出版。

1959 年　长篇小说《卢布林的魔术师》在《犹太前进日报》连载。

1960 年　《卢布林的魔术师》英文版由正午出版社出版。辛格和阿尔玛搬到西 72 街的一套公寓中。法勒、斯特劳斯和卡达希出版社（Farrar, Straus and Cudahy, 1964 年更名为 Farrar, Straus and Giroux，以下简称 FSG, 中文通常译为法勒、斯特劳斯和吉鲁出版社）收购了正午出版社，开启了这家出版社与辛格之间的长期合作关系。

1961 年　短篇小说开始刊登在《小姐》(*Mademoiselle*)《时尚先生》(*Esquire*)和《智族》(*GQ*)等时尚杂志上，因而读者越来越多。10 月，短篇小说集《市场街的斯宾诺莎》英文版由法勒、斯特劳斯和卡达希出版社出版。长篇小说《奴隶》在《犹太前进日报》连载。

1962 年　《奴隶》英文版由法勒、斯特劳斯和卡达希出版社出版。特德·休斯和苏珊·桑塔格对该书大加赞赏。辛格阅读布鲁诺·舒尔茨的作品。决定成为一名素食主义者。

1964 年　《卢布林的魔术师》荣获法国最佳外国小说奖。短篇小说集《短暂的礼拜五》英文版由 FSG 出版。同年，辛格当选为美国艺术暨文学学会(National Institute of Arts and Letters)会员。

1965 年　辛格一家搬到百老汇大道与西 86 街交叉的贝尔诺德公寓。

1966 年　2 月至 8 月，长篇小说《冤家，一个爱情故事》开始在《犹太前进日报》连载。由欧文·豪选编和导读的《艾萨克·巴什维斯·辛格短篇小说选》出版。5 月，回忆录《在父亲的法庭上》由 FSG 出版。插图版儿童故事集《山羊兹拉特和其他故事》英文版出版。辛格在欧柏林学院担任住校作家。

1967 年　《庄园》英文版由 FSG 出版。插图版儿童故事《恐怖客栈》《好运气与坏运气》英文版出版。《山羊兹拉特和其他故事》荣获纽伯瑞儿童文学奖(Newbery Honor Books)。

1968 年　《恐怖客栈》荣获纽伯瑞儿童文学奖。短篇小说集《降神会》英文版由 FSG 出版。插图版儿童故事集《当坏运气来到华沙和其他故事》英文版出版。《莫斯凯家族》荣获意大利班卡雷拉文学奖。

1969 年　长篇小说《地产》和回忆录《快活的一天：一个在华沙长大的孩子的故事》英文版由 FSG 出版。

1970 年　短篇小说集《卡夫卡的朋友》英文版，插图版儿童故事《奴隶以利亚：重述一个希伯来传说》《约瑟夫与科扎，或维斯瓦河献祭》英文版由 FSG 出版。《快活的一天：一个在华沙长大的孩子的故事》荣获美国国家图书奖儿童文学奖。《纽约时报》披露当时辛格的年收入已超过 10 万美元。

1971 年　《艾萨克·巴什维斯·辛格读本》由 FSG 出版。

1972 年　长篇小说《冤家，一个爱情故事》英文版由 FSG 出版。和辛格住在同一栋公寓楼里的玛格南摄影师布鲁斯·戴维森（Bruce Davidson）拍摄了一部 28 分钟的短片《辛格的噩梦和普普科夫人的胡子》。

1973 年　由辛格同名短篇小说改编的戏剧《镜子》在耶鲁保留剧目轮演剧团的专用剧场上演。短篇小说集《羽冠》英文版、插图版儿童故事集《切尔姆的傻瓜和他们的故事》英文版由 FSG 出版。

1974 年　长篇小说《肖莎》最初以《心灵旅程》为题在《犹太前进日报》连载，《忏悔者》也开始在《犹太前进日报》连载。插图版儿童故事集《诺亚为何选择鸽子》出版。《羽冠》与托马斯·品钦的《万有引力之虹》一同荣获美国国家图书奖小说奖。

1975 年　短篇小说集《激情》英文版由 FSG 出版。辛格在巴德学院担任住校作家。

1976 年　回忆录《寻求上帝的小男孩：或个人灵光中的神秘主义》和插图版儿童故事集《讲故事的人纳夫塔利和他的马》英文版出版。9 月，理查德·伯金（Richard Burgin）拜访了辛格，在接下来的两年中，他对辛格大约进行了五十次采访。11 月，菲利普·罗斯拜访辛格，一同探讨布鲁诺·舒尔茨，并把对谈内容整理发表在次年的《纽约时报书评》。

1978 年　7 月，长篇小说《肖莎》英文版由 FSG 出版。回忆录《寻求爱情的年轻人》英文版出版。10 月 5 日，辛格因"他充满激情的叙事艺术，既扎根于波兰犹太人的文化传统，又展现了普遍的人类境遇"，获得诺贝尔文学奖。与阿尔玛、伊斯雷尔·扎米尔等人前往斯德哥尔摩。12 月 8 日，发表获奖感言。

1979 年　短篇小说集《暮年之爱》英文版由 FSG 出版。《卢布林的魔术师》被改编成同名电影。伊斯雷尔·扎米尔翻译的《冤家，一个爱情故事》希伯来语版在特拉维夫出版。米纳罕·戈兰（Menahem Golan）导演的《卢布林的魔术师》在威尼斯电影节上映。

1980 年　2 月，长篇小说《原野王》开始 10 个月的连载。辛格拒绝波兰文学团体的邀请，坚持不回波兰。

1981 年　回忆录《迷失在美国》英文版出版。

1983 年　长篇小说《忏悔者》英文版由 FSG 出版。《书院男孩燕特尔》被改编成音乐电影《燕特尔》，导演芭芭拉·史翠珊（Barbra Streisand）凭借该片荣获金球奖最佳导演奖。

1984 年　由《寻求上帝的小男孩：或个人灵光中的神秘主义》《寻求爱情的年轻人》和《迷失在美国》三部合集而成的《爱与流放：一部回忆录》出版。《儿童故事集》由 FSG 出版。

1985 年　辛格在迈阿密大学教授创意写作课。

1986 年　理查德 · 伯金编辑的访谈录《与艾萨克 · 巴什维斯 · 辛格对话》由 FSG 出版。

1988 年　短篇小说集《玛士撒拉之死》和《原野王》英文版由 FSG 出版。

1989 年　12 月，电影《冤家，一个爱情故事》上映。

1991 年　7 月 24 日，辛格在佛罗里达州瑟夫赛德镇的公寓里去世。安葬在新泽西州帕拉默斯的一个犹太公墓。为了纪念辛格，迈阿密大学设有以辛格命名的面向本科学生的学术奖学金。佛罗里达州瑟夫赛德镇有一条以辛格命名的林荫大道。波兰的卢布林有一个“辛格广场”。